KB113777

Explosive Dragon King
Bahamut

폭룡왕
바하무트

GAME FANTASY STORY

몽연 게임 판타지 소설

폭룡왕 바하무트 5

몽연 게임 판타지 소설

초판 1쇄 찍은 날 § 2014년 9월 15일
초판 1쇄 펴낸 날 § 2014년 9월 22일

지은이 § 몽연
펴낸이 § 서경석

편집부장 § 권태완
편집책임 § 박가연

펴낸곳 § 도서출판 청어람
등록번호 § 제387-1999-000006호
등록일자 § 1999. 5. 31
어람번호 § 제1-1942호

주소 § 경기도 부천시 원미구 부일로 483번길 40 서경B/D 3F (우) 420-822
전화 § 032-656-4452 팩스 § 032-656-4453
http://www.chungeoram.com
E-mail § chungeorambook@daum.net

ⓒ 몽연, 2014

ISBN 979-11-316-9206-6 04810
ISBN 979-11-316-9088-8 (세트)

Explosive Dragon King Bahamut

폭룡왕 바하무트

GAME FANTASY STORY

몽연 게임 판타지 소설

5

Explosive Dragon King

Bahamut

폭룡왕
바하무트

CONTENTS

30장
폭룡무창

바하무트는 인비저블 보우의 사거리가 허락하는 최대한으로 데이로스에게서 멀어졌다. 본체가 풀리면서 용투기 사용도 제한됐다.

그뿐이랴? 아끼고 아낀 포션 등의 보조 물품도 전부 소모했다.

남은 생명력은 20%가량, 잘못해서 제대로 한두 방 맞는다면 죽을 수도 있는 수치였다. 무릎을 꿇었든, 숨을 헐떡이든, 몬스터는 뒈지기 직전까지 안심하면 안 된다.

퍼퍼퍼픽!

데이로스의 주변으로 계속해서 땅이 파였다. 화살이 꽂힌다는 증거였다. 확률은 열에 하나로도 부족했다. 수십 발에 하나

맞출까 말까였다.

당연한 현상이었다. 바하무트는 궁수가 아니었다. 궁술 관련 스킬은 배운 적이 없었다.

순전히 본인의 감과 능력치, 무기 공격력에 의존해야 했다. 무형시는 마력을 소모하지 않는다. 그나마 다행이었다. 1이라도 소모했다면 가까이 붙어서 무기로 내려쳐야 했을지도 모르겠다. 저 괴물에게 가까이 붙으라니, 죽으라는 말과도 같았다.

"우습군. 이런 곳에 처박혀서 죽어야 한다는 현실이……."

데이로스가 중얼거렸다.

자유롭게 살아온 날보다 자유를 억압받고 살아온 날이 더욱 길었다. 승자도 패자도 없는 용마전쟁의 폐해는 크게는 종족 전체에, 작게는 개인에게 큰 영향을 미쳤다.

그릇을 만들어놓은 고위 마족은 흑마력을 유실해도 시간과 노력을 들이면 채울 수 있다.

그러나 그릇이 깨진다면 공작이라도 방법이 없었다.

현재 그의 상태가 그러했다. 흑마력을 담고 있던 크고 단단한 그릇이 깨져 버렸다. 대해와도 같던 기운이 가닥가닥 끊어졌다. 완전히 끊어지는 순간 최후를 맞이할 것이다.

"네 승리다. 용족, 오랜만에 재미있었다. 어쩌면… 이렇게 가는 게 좋을 수도……."

<u>스스스스</u>.

털썩.

데이로스의 육체가 바람에 날리는 모래알처럼 조금씩 흩어

졌다. 종국에는 시커먼 빛을 내뿜는 아이템들을 토해내고는
존재 자체를 감췄다. 그제야 바하무트가 자리에 주저앉았다.
아이템의 도움이 없었다면 못 이겼을 상대였다. 아직도 갈 길
이 멀었다.

[장군 퀘스트 : 진정한 진마의 힘]을 완료하셨습니다. 보상으로 +2□□
의 능력치 포인트가 부여됩니다. 대장군의 직책은 크라디메랄드에게 가는
즉시 받으실 수 있습니다.

"해냈다."

바하무트가 조용히 되뇌었다. 겉모습이 차분하다고 해서 기
뻐하지 않는 게 아니었다. 그는 충분히 기뻐하고 있었다. 스스
로 해냈든, 아이템의 도움을 받았든 해낸 건 해낸 거였다. 가상
의 공간이라서 모든 게 능력으로 평가된다. 부정할 생각은 없
었다.

"360레벨 절망 등급 몬스터를 잡고 1레벨밖에 안 오르다니,
최악이다. 정말 최악이야."

장군 퀘스트는 특수한 종류에 들어간다. 경험치나 레벨 업
은 물론, 아이템도 보상에 포함되지 않는다. 그냥 능력치 포인
트와 대장군의 직책으로 퉁친다.

데이로스를 잡은 경험치만으로 레벨업을 했다는 건데, 이프
리트의 50% 제약이 발목을 잡았다.

터벅터벅.

바하무트가 아이템이 떨어진 곳으로 걸어갔다. 데이로스가 죽었으니 더는 피해 있지 않아도 된다. 200레벨 이상에서만 생성되는 악몽 등급부터는 레이드의 범주에 해당된다.

악몽과 좌절 한 마리 잡으려고 중소 길드 몇 곳에서 수십, 수백 명을 모으는 경우도 허다했다. 얼마 전, 아반트 공국에서 발견된 대식목의 레이드 영상이 플레이포럼에 올라왔다. 타마라스는 수만 명에 달하는 어마어마한 길드원을 투입하고서야 종지부를 찍었다. 그 영상만 봐도 절망이 얼마나 강한지를 여실히 알 수 있었다.

"마족이라는 티를 팍팍 내네. 내가 쓸 게 하나도 없잖아?"

사대마공작의 고위 마족답게 아이템의 수준이나 숫자가 대단했다. 무려 히어로 두 개와 유니크 다섯 개를 떨궜다. 레어와 매직은 없었다. 아쉬운 점이 있다면 죄다 암속성이란 거다.

옵션도 듀렌달의 흡혈마검처럼 특이했다. 역시 음침한 놈들다웠다. 바하무트는 대충 뒷정리를 하고는 바깥으로 나갔다.

돔의 형태가 다른 곳과는 사뭇 달라도 출입 방식 자체는 똑같았다. 나가자마자 조마조마하게 기다리던 슈타이너와 브레인이 환호했다. 그가 성공해서 좋기도 했지만, 이 지겨운 미궁에서 벗어날 수 있다는 안도감도 한몫했다. 아이템을 보여달라고 호들갑을 떨기에 바하무트가 옵션을 공유해 줬다. 턱이 빠져라 놀라는 일은 정해진 수순이었다.

"오늘은 이만 쉬고, 내일 들어와서 정산하자."

바하무트 일행은 어둠의 미궁에 들어온 뒤로 아이템을 쌓아

두기만 했지 뚜렷하게 나누지는 않았다. 그냥 줍는 대로 아무나 보관했다. 당장 정산하기에는 피곤한 관계로 하루 일과를 마무리하고 다음 날 상쾌한 기분으로 진행하는 게 좋을 듯싶었다.

파파파팟!

셋의 인벤토리에 잠자던 텔레포트 스크롤이 거침없이 찢겨졌다. 데이로스를 죽이는 데 실패했다면 행동이 무거웠을 텐데, 성공했기에 망설임이 없었다. 언젠가는 또 올지도 모르지만 지금은 아니었다. 지긋지긋했다. 당분간은 미궁의 미도 듣기 싫었다.

*　　　*　　　*

"이걸 어떻게 나누지?"

다음 날, 푹 쉬고 접속한 셋은 부레논에게 퀘스트 보상을 받고서는 알테인의 여관방에 둘러앉아 아이템 목록을 훑어봤다.

두 달간의 사냥 결과물은 가히 엄청났다. 단순하게 양만 많은 것을 넘어서서 질로도 입을 벌어지게 만들었다.

고위 마족 수십 마리가 사탄을 부르짖으며 죽어갔다. 바하무트와 슈타이너도 한 번에 이만큼의 아이템은 처음이었다. 브레인은 꿈인지 생시인지 분간이 안 가 반복해서 눈을 비벼댔다.

"그러게요."

"너무 많은데⋯⋯."

"레어와 매직 먼저 분류하자."

중복되거나 흔한 종류는 한쪽으로 치워졌다.

경매장에 저렴하게 등록하면 알아서 팔릴 것이다. 특이한 종류는 바하무트가 자신의 몫을 뺀 가격으로 구매했다. 일이 대충 마무리되며 히어로와 유니크만 남게 됐다.

"형, 어쩔 거예요?

슈타이너가 물어봤다. 유니크는 시세를 측정해서 매긴대도 히어로는 그게 불가능했다.

"내가 보유한 골드로는 어림도 없겠다. 현질하기도 귀찮고, 혹시 마음에 드는 물건 있는 사람?"

"이건 뭐 죄다 어둠의 자식들이 낄 만한 것뿐이네요."

"저도 마찬가지입니다. 암살자나 흑마법사 등의 유저들이 좋아할 종류밖에는⋯⋯."

슈타이너와 브레인이 고개를 내저었다.

정산은 둘째 치고 착용할 만한 게 안 보였다. 그들의 직업과는 동떨어진 옵션들이 즐비했다.

"간단하게 생각하죠. 히어로는 형이 갖고요. 유니크만 정산해 주세요."

"에이, 그건 안 되지, 이게 얼마짜린데 내가 혼자 날름 먹어."

히어로만 일곱 개였다. 후작들이 다섯 개를 떨궜고 마지막에 공작인 데이로스가 두 개를 떨궜다. 현금으로 환산하면 억

소리가 나온다. 사람의 인생이 뒤집어질 거액이었다.

"어차피 후작들은 형 혼자 잡았잖아요."

"됐고, 유니크는 필요한 거 없지? 그럼 이것까지는 내가 살게."

바하무트가 슈타이너의 말을 끊으면서 유니크 값을 분배했다.

영지에 투자한 게 워낙에 많아서 히어로 값을 지불할 골드가 모자랐다. 시세 측정이 어렵다는 것도 한몫했다. 그래도 주기는 줘야 했기에 간만에 현질을 해볼 생각이었다.

촤르륵.

정산이 마무리됐다. 잡템들은 브레인이 경매장에 올리기로 했다. 이제 돌아갈 일만 남았다.

"슈타이너 창술 숙련도 끝났지?"

"네, 저도 이제 3차 전직 할 수 있겠죠?"

슈타이너가 기대에 찬 눈빛으로 바하무트를 쳐다봤다. 라미아 족장의 부러진 창만 해결하면 3차 전직이었다.

"내가 데이로스와 싸우면서 느낀 게 있거든? 그놈은 360레벨인데도 정말 끔찍하게 강했어. 그런데 아쿠락트는 370레벨이야. 그때 나와 싸웠을 때 전력을 다했다고 장담할 수 없어. 무언가 숨기고 있는 게 있을 거다. 레벨로만 판단할 놈들이 아니야."

높은 등급의 몬스터일수록 +되는 능력치가 막대했다.

유저는 본인의 능력치를 제외하고도 아이템과 영단 등으로

부가적인 상승이 가능하다.

데이로스나 아쿠락트를 유저로 가정하면 올 히어로 아이템으로 도배한 정도의 능력치가 더해질 것이다. 그쯤이면 과거보다 강해졌어도 결국 과오를 되풀이할 수도 있었다.

"그리고 당장은 형이 도와주지 못해. 데이로스와의 싸움에서 아이템 스킬을 전부 써버렸어."

아쿠락트를 상대하려면 염왕대겁신과 화룡왕의 레프트 암이 꼭 필요했다. 지금도 폭화멸혼주와 심장을 꿰뚫었던 새하얀 광선을 막을 자신이 없었다. 더군다나 대군락에 상주하는 수십만 마리의 라미아가 움직이면 앞뒤 잴 것도 없이 도망쳐야 했다.

"그거 딜레이 한 달이죠?"

"응."

"괜찮아요. 저도 지쳐서 얼마간은 푹 쉬고 싶었어요. 놀다 가요, 놀다."

끄덕.

브레인도 긍정을 표했다. 어둠의 미궁을 나온 지 하루 만에 절망의 평원에 들어갔다간 과로로 쓰러질 것만 같았다. 한 달이면 쌓인 피로가 말끔하게 풀어질 것이다.

"난 드래드누스로 가려는데, 둘은?"

"저는 여행 다녀오려고요."

"여행?"

"목표도 이뤘고, 레벨업이 되는 것도 아니고, 할 게 없으니 이참에 가족들 데리고 해외 한번 다녀올까 해요. 제가 이렇게 시간이 나는 게 어디 흔한 것도 아니니까요."

"좋은 생각이다. 어머님하고 상희가 좋아하겠다."

바하무트는 슈타이너의 가족과 안면이 있었다. 그들도 슈타이너가 잘 따르는 형이라는 걸 알고는 살갑게 대해줬다.

"브레인 님은 뭐 하시고 싶은 거 없으세요?"

"아… 저는… 흐흐…….."

브레인은 말하기 부끄러워하면서도 뭐가 그리 좋은지 실실 쪼개며 몸을 비비 꼬아댔다. 그에 슈타이너가 브레인의 어깨를 끌어안았다.

"브레인 님 집 산대요."

"집?"

"제가 아주 상상력을 풍부하게 만들어 드렸죠."

바하무트가 장군 퀘스트를 진행하고 있을 때 슈타이너와 브레인은 바깥에서 이런저런 대화를 나눴다. 그중에는 아이템 정산이 끝나고 나올 정산금에 관한 게 주를 이뤘다.

"저희가 먹은 아이템을 전부 합하면 한 사람당 최소 몇억은 떨어질 거라고 말했더니, 그렇게만 되면 지긋지긋한 월세에서 벗어나 자신만의 집을 사고 싶다더군요."

"꼭, 꼭 사고 싶은 집이 있습니다. 팜비치에 있든 큰 단독주택을 사는 게 제 꿈입니다."

브레인은 미국 플로리다 주 동남쪽의 도시 팜비치에 거주한다.

아름다운 경관을 지닌, 휴양지로 유명한 곳이라서 집 가격이 상당했다. 슈타이너에게는 집을 산다고 했지만, 전망 좋은 위치를 선점하려면 몇 억 가지고는 어림도 없었다.

"아! 그러시면 제가 팜비치에 집을 마련해 드릴 테니 그 대가로 히어로 아이템의 권리를 주시겠습니까?"

"네?"

"며칠 내로 진행해서 그쪽 사람과 연결시켜 드리겠습니다. 혹여 생각이 바뀌시면 말씀해 주세요."

"어… 어……."

브레인이 말을 더듬었다. 그의 귀는 아직 멀쩡했다. 집을 마련해 준단다. 잘못 들은 게 아니었다. 애당초 히어로의 권리를 머릿속에서 지워 버렸다. 바하무트 혼자서 잡은 걸 탐낸다는 자체가 상식을 벗어나서였다. 그런데 생각지도 않던 행운이 찾아왔다.

"너는 계좌로 쏴줄게."

"굿!"

"자! 정리됐으니, 각자 할 일들을 하러 가볼까? 영지에서 봅시다!"

파팟!

바하무트가 드래드누스로 이동했다. 슈타이너도 브레인의 등을 두들겨 주고는 여행 준비를 위해 로그아웃했다.

"나에게 무슨 일이 벌어지고 있는 거지?"

브레인이 인벤토리를 들여다보며 중얼거렸다.

수백만 골드와 잡템으로 타락한 아이템이 수두룩했다. 몇 달 전까지만 해도 그럭저럭 입에 풀칠을 하고 사는 맵퍼에 불과했다. 그러다가 바하무트와 슈타이너를 만난 후로 인생이 바뀌었다. 2차 전직을 시작으로 삶이 풍족해지더니 이제는 집이 생길 판이었다.

"내가 할 수 있는 일이라면 최선을 다한다."

브레인은 초심을 잃지 않고 일생일대에 찾아온 꿈같은 인연을 계속해서 유지해 나가기로 결심했다

＊　　　＊　　　＊

드래드누스로 이동한 바하무트는 곧장 크라디메랄드를 찾아갔다. 초열공간으로의 접근을 허락받았기에 퀘스트를 받기 전처럼 벨케루다인을 대동할 필요는 없었다. 내부로 들어가자 당신의 능력으로는 어쩌고저쩌고, 항상 듣던 알림음이 귀를 간지럽혔다.

"왔구나."

크라디메랄드가 그를 반겨줬다. 가까이 가려던 바하무트가 멈칫했다. 그의 레벨이 두 달 전에 봤을 때보다 줄어 있었다.

겉으로는 멀쩡해 보여도 전투의 후유증이 육체를 좀먹는 듯했다. 저러다가 1레벨이 될지도 모르겠다. 나쁜 마음을 먹는다면 당장에라도 죽이는 게 가능할 정도였다.

"재미있는 표정이군. 왜? 약해져서 놀랐는가?"

"그렇습니다."

바하무트는 속내를 숨기지 않고 느낀 그대로를 내비쳤다. 죄진 게 아니므로 궁금하면 물어본다.

피식.

크라디메랄드가 싱겁다며 헛웃음을 지었다. 원래는 오래전에 수면기에 들었어야 했다. 이런저런 일 탓에 뒤로 미루다가 여기까지 와버렸다. 뭐, 그것도 이제는 끝이었다.

"구질구질하게 내 상태를 설명할 시간도 여유도 없다. 일분 일초가 급하니 본론으로 들어가지. 일족의 고룡 바하무트여, 그대가 데이로스를 처치했다는 증거를 보여라."

주섬주섬.

바하무트가 인벤토리에서 검은색 보석을 꺼냈다. 특별한 능력이 없는, 그냥 데이모스의 사념이 담긴 결정체였다.

이런 종류의 퀘스트는 부가 설명이 쓰여 있지 않아도 아이템만 챙겨오면 안 된다. 몬스터를 잡았다는 증거도 챙겨야 손쉽게 해결한다. 초기에는 멋모르는 유저들이 저절로 통과되는 줄 알고 맨몸뚱이로 돌아왔다가 플레이포럼을 하소연 글로 도배했었다.

"데이모스의 사념이로군. 훌륭하다. 사대마공작의 막내라도 네가 상대하기에는 벅찼을 텐데. 과연, 신의 축복을 받은 용족답구나. 좋다. 화룡왕의 이름으로 명하겠다."

띠딩!

화룡왕 크라디메랄드의 권능이 발현되며 당신에게 대장군의 직책이 주어집니다. 단 한 번에 한하여 스스로 불릴 칭호를 만드실 수 있습니다. 신중히 만드시기 바랍니다.

"칭호는 폭룡무장으로 하겠습니다."

스스로 만들어야 한다는 것을 알았기에 무엇으로 할지 정도는 장군 퀘스트의 시작 전부터 정해놨었다.

"곧 용족 전역에 공표가 될 것이다. 그리되면 번복하지 못한다. 폭룡무장으로 하겠는가?"

"하겠습니다."

새로운 용족의 대장군이 탄생했습니다. 폭룡무장 바하무트 님의 명성이 드래드누스 전역으로 퍼져 나갑니다.

기존의 대장군이었던 벨케루다인은 모든 것을 내려놓고 오늘부로 용족 원로원의 원로가 됩니다. 그의 성과 병력을 인수인계받으시면 대장군의 권한을 마음껏 사용하실 수 있습니다.

원로원이라고 현역에서 은퇴한 늙다리들의 모임이라 생각하면 오산이다. 용족은 인간이 아니라서 세월이 흐를수록 강해진다. 원로원은 전대의 장군과 백팔전룡들이 모인 최강의 전투 단체였다. 유저들의 레벨로 치면 전원이 300레벨을 넘은 고룡이었다.

'성과 병력? 영지 같은 개념인가? 아마란스 영지도 관리하기 귀찮은데… 드래드누스까지…….'

바하무트는 관련 없는 원로원보다 인수인계에 관심을 보였다. 백팔전룡 때는 일정한 거주지가 배정되긴 했어도 성과 병력 등의 실질적인 뭔가를 내주지는 않았었다. 새삼 장군의 직책이 대단하게 느껴졌지만, 좋다기보다는 귀찮다는 감정이 먼저 들었다.

영지 관리는 하나로도 충분히 골치 아팠다. 함부로 판단하기는 뭣하니, 확인해 봐야겠다.

"충고 하나 하마."

"새겨듣겠습니다."

"넌 대장군이라 불리기에는 아직 부족하다. 어찌어찌 지닌 바 능력을 끄집어내서 데이로스를 죽였다지만, 본신의 능력으로 따지자면 장군들 사이에서 중위권에 불과하다. 하루빨리 실력을 쌓아 나와 벨케루다인이 그랬던 것처럼 화룡의 위엄을 내보여라."

바하무트는 이제 348레벨이었다.

이마저도 부레논에게 퀘스트 경험치를 환산받은 결과였다. 못해도 300대 후반은 돼야 다른 장군들에게 무시받지 않고 어깨를 편다.

레벨이 높아지며 필요 경험치가 막대해졌다. 영양가 없는 반복 사냥은 제외하고, 굵직굵직한 퀘스트 위주로 진행할 생각이었다.

'아쿠락트만 처리하면 된다.'

슈타이너의 전직만 해결하면 당분간은 자유였다. 그리되면 마음속에 여유가 생겨난다.

"네가 선택한 길인만큼 역경에 굴하지 말고 꿋꿋이 헤쳐나 갔으면 한다. 이만 돌아가라. 쉬고 싶구나."

크라디메랄드가 자신의 의사를 전달했다. 이는 수면기에 들 어가겠다는 간접적 표현이었다.

"훗날 뵙겠습니다."

바하무트가 인사를 하고는 바깥으로 빠져나왔다. 그는 아마 란스 영지로 돌아가려다가 발길을 틀었다. 돌아가기에 앞서 벨케루다인에게 성과 병력을 인수인계받아야 했다.

＊　　　＊　　　＊

"흠… 좋기는 한데……."

바하무트는 아까부터 대장군에게 주어진 한 가지 권한을 유 심히 관찰하는 중이었다. 벨케루다인에게 아무 탈 없이 성과 병력 등의 전부를 인수인계받았다. 딱히 심기를 어지럽히는 사항은 안 보였다. 틈틈이 성에 들러 기본적인 관리만 해주면 된다.

[대장군의 권한 : 폭룡무군 집결]

장군들은 저마다의 군단을 보유한다. 용족답게 그 강력함은 이루 말할 수 없으며, 최소 100에서 최대 1만까지, 본인의 재정이 허락하는 내에서 자유자재로 거느린다. 무조건 레벨이 높은 용족만 거느리는 건 불가능하다. 레벨이 높을수록 생성이 제한된다. 그렇다고 하위 용족만 생성하면 명령 체계가 원활하지 못하기에 이런 사항을 배제하려면 부대장급의 용족이 필수적으로 따라붙어야 한다.

활용도 면에서는 아마란스 영지의 병사들보다 몇십 배는 뛰어났다. 그러나 200레벨 이상의 부대장급 용족 하나를 생성해서 유지하는 데 달마다 수십만 골드가 소모된다.

서너 마리만 생성해도 100만 골드가 우스웠다. 정석 트리를 탄 폭룡무군의 한 달 유지 비용이 수억 골드였다. 1억 골드가 현금으로 100억이라는 걸 상기하면 바하무트로서도 엄청난 부담이었다. 아니, 감당 불가였다. 그야말로 토가 나올 금액이었다.

"그나마 기본적으로 100명은 주는군."

성을 지키는 최소한의 병력은 용족에서 지원해 준다. 100명이 한 개 부대였다. 백인대는 100~199레벨 사이의 부대원과 200레벨 이상의 부대장으로 구성된다.

이걸 풀로 유지하면 오소국 하나에 필적하는 전력이 마련된다. 물론, 유지한다는 전제하에 말이다. 아마란스 영지가 공국이 돼도 폭룡무군을 먹여 살릴 수는 없었다.

배보다 배꼽이 더 컸기에 밑 빠진 독에 물 붓기였다.

바하무트는 언제나처럼 브레인에게 도움을 요청하기로 했다. 폭룡무군은 무식하게 돈만 투자하면 되는 거라서 난감할 수도 있겠지만, 그러면 기가 막힌 해결책을 제시해 줄 것이다.

"맞다. 팜비치를 까먹었구나."

히어로 아이템의 권리를 포기하는 대가로 브레인에게 팜비치에 집을 구해주겠다고 약속했다. 바하무트는 일이 생기면 그날그날 해결해야 직성이 풀리는 성격이었다. 장군 퀘스트도 완료하고 인수인계도 받았으니, 떠오른 김에 후딱 해치우는 게 편할 듯했다.

*　　　*　　　*

교활한 난쟁이들의 요새.

루펠린 왕국의 북부지역을 틀어막는 고블린들의 전진기지다. 상주하는 숫자는 대략 10~12만 가량으로 어지간한 영지 두세 곳은 눈 깜짝할 사이에 쓸어버릴 전력이었다.

유저들은 요새의 뒤쪽에 나 있는 광활한 숲 속에 수백만 규모의 고블린 왕국이 존재하리라고 추측했다. 그럴 수밖에 없었다.

죽이고 죽여도 줄어들지를 않았다. 제아무리 숫자가 많아도 재생성에는 시간이 걸리게 마련이었다.

혹시나 싶어 알아보니 숲 깊숙한 곳에서 지속적으로 병력이 파병됨을 알아냈다. 인간들의 개념에 비유하자면 일종의 국경처럼 보였다.

국경이 적의 손아귀에 떨어지면 활동 반경이 좁아진다. 고블린들의 입장에서는 왕국의 안전을 위해서라도 기필코 사수해야 했다.

펄럭펄럭.

거센 바람 길드의 깃발이 바람에 펄럭였다. 레이드 당 배정된 깃발은 하나, 그런 레이드의 숫자는 오십 여개, 총합 다섯 개 코어의 5만 대군이 요새를 바라보고 있었다. 최선두에는 한창 주가를 올리는 라이세크가 간부들의 보고를 받는 중이었다.

"6, 7, 8코어의 준비가 끝났습니다. 길드장의 진군 명령만 떨어지면 단번에 함락시킬 수 있습니다!"

"길드장, 본대의 준비도 막 완료했습니다."

라이세크는 지원을 차단하기 위해 병력을 쪼개 적절하게 배치했다. 고블린들은 숫자가 많다뿐이지 몬스터 자체로는 최약체에 속했다. 잘만 하면 본대만으로도 함락이 가능했다. 관건은 수장전이었다. 요새 내부에 상주하는 대장만 죽이면 손쉬웠다.

크오오오!

쿵쿵쿵쿵!

라이세크가 요새 정상에서 포효하는 거대한 흡고블린을 쳐다봤다. 강렬한 기세가 이곳까지 퍼져 왔다.

270레벨 요새장 대전사 콩코르.

고블린 주제에 머리에 뿔이 달렸으며 덩치도 3미터 가까이 됐다.

놈은 스스로 강하다는 티를 팍팍 냈다. 북부지역 내에서는 끔찍한 악명을 자랑하는 놈이었다. 어찌나 싸돌아다니는지, 구석에 숨어서 사냥하는 유저들도 귀신같이 찾아내서 망치로 찍어 죽였다.

'이걸 완료하고 최단 기간 내로 299를 찍는다.'

대륙십강의 레벨이 정체된 것은 라이세크에게는 기회였다. 잘만 이용하면 그들과의 격차를 좁힐 수 있었다. 3차 전직 퀘스트가 마음에 걸렸지만, 그건 나중의 일이었다.

'정 안 되면 바하무트에게 도와달라고 해야지.'

징징대는 애처럼 노력도 없이 손을 벌리지는 않는다. 되도록 혼자 해보고 안 되면 그때 말할 것이다. 솔직히 자신은 없었다. 다른 녀석들의 상황만 떠올려도 답은 나왔다.

스르르릉!

라이세크가 검을 뽑았다. AAA+퀘스트인 난쟁이들의 요새 함락을 완료하면 이것저것 합해서 3~4레벨은 오른다. 어쩌면 숲 너머의 고블린 왕국과 관련되는 연계 퀘스트를 받을지도 모른다. 힘 닿는 데까지 수행해서 대륙십강의 최약체를 벗어나겠다.

"공성병기 전진 배치! 간다! 고블린들을 쓸어버려라!"

와아아아!

> 총사령관의 명령하달 스킬이 발현됩니다. 길드장의 지휘 영향력에 따라 전군의 능력치가 1시간 동안 20% 증가합니다.

총사령관은 전쟁 규모 퀘스트를 수행하는 유저라면 합의하에 누구든지 달 수 있다. 그러나 지휘 영향력의 능력치 증가는 본인이 이끄는 길드원의 숫자에 비례한다. 어쭙잖은 중소길드의 길드장이라면 5%도 어려웠다. 20%면 수만 명은 휘하에 둬야 했다.

쿠르르릉!

공성병기들이 굴러가며 위협적인 모습을 내보였다. 그에 요새의 성문의 열리면서 홉고블린과 일반 고블린들이 쏟아져 나왔다.

수성이 유리해도 어느 정도의 타격대는 필요했다. 멀리 나가지 않고 요새를 등지고 싸운다면 큰 효과를 거둘 수 있었다. 고블린 타격대에 맞설 거센 바람 길드의 정예들도 상대를 찾아갔다. 그렇게 북부지역의 작은 전쟁이 본격적으로 불붙었다.

*   *   *

끼아아아!

요새가 함락되며 고블린들이 썰려 나갔다. 곳곳에 거센 바람 길드의 깃발이 꽂히면서 지도상에 영지가 추가됐다는 표시가 떴다.

고블린 왕국에서 언제 되찾으려 할지 모르기에 만반의 준비가 필요했다.

많은 길드원이 죽었지만 라이세크의 선방으로 피해를 최소한으로 줄였다. 전투가 시작된 지 두 시간 만에 콩코르의 목을 따버렸다. 고블린들의 기세는 급격히 떨어졌고, 유저들의 기세는 올라갔다.

"길드장, 영지에서 연락이 왔습니다."

"무슨 연락?"

"왕궁에서 영지로 초대장을 보냈답니다. 발신자는 국왕이고 수신해야 될 사람은 길드장입니다."

"국왕이 직접이라… 때가 된 건가?"

국왕 직인이 찍힌 편지는 본인이 아니라면 읽지 못한다. 강제로 뜯을 수는 있다. 글씨 대신 백지가 반기겠지만 말이다.

라이세크가 알기로 공작을 오가라 할 만큼의 중요한 행사는 전부 지나가고 없었다. 그런데도 초대라? 짐작 가는 점은 단하나였다.

"나 먼저 돌아가겠다. 무슨 일이 생기면 바로 보고하라."

"그러겠습니다."

라이세크가 하사인 영지로 돌아갔다. 기대하던 그날이 다가

오고 있었다. 아마 지금쯤이면 바하무트와 슈타이너에게도 국왕의 초대장이 날아갔을 것이다. 루펠린 왕국으로서는 역사적인 날이 될 테니, 고위 귀족들이란 귀족은 죄다 수도로 올라오리라.

31장
아이템 페스티벌

팔대길드는 대륙십강의 개개인이 창설한 최강의 세력이다. 그런데 한 가지 의아한 점이 존재할 것이다. 바하무트와 슈타이너, 이사벨라는 무소속으로 유명하다. 남은 이는 일곱 명, 그러나 길드는 여덟 개, 하나가 빈다는 것을 알 수 있다. 그럴 수밖에 없다.

팔대길드의 한 곳은 대륙십강이 창설한 길드가 아니었다. 무수한 후보 사이에서 물질만능주의의 진정한 위력을 보여준 그곳이 바늘구멍보다도 좁은 활로를 뚫고 정상을 차지했다.

대륙상단연합.

수백수천 개의 상인 길드가 합쳐져서 탄생한 초거대연합체였다. 규모와 자금력 면에서는 대륙십강의 몇 배를 웃도는 대단함을 자랑했지만, 아쉽게도 이곳은 가상이었다. 상권에 대한 영향력이 막강하다 해도 무력에서 밀렸기에 독점은 어려웠다.

주요 활동 지역은 니쿠룸이 다스리는 투스반 왕국을 제외한 오소국 전체였다. 다른 지역은 대륙십강에게 자릿세를 내고 분점을 세우는 등의 방식으로 활발한 활동을 벌였다.

대륙상단연합의 가입 조건은 까다롭다면 까다롭고 쉽다면 쉬운 편이었다. 현실에서의 현금 동원력이 100억 이상인 유저들이면 가입이 가능했다. 재산 100억이 아니고 현금 동원력이 100억이었다. 쉽게 말하자면 재벌과 준 재벌급만 가입할 수 있다 보면 된다.

현실에서 무력을 가져올 수는 없어도 재력을 가져올 수는 있다는 점을 최대한 이용한 것이다.

그렇게 가져온 재력은 어떤 세상이든 사람들이 모이는 곳이라면 빈부격차가 생겨난다는 사실을 여실히 보여줬다. 실제로 대륙상단연합의 소속 길드장들은 여유로운 삶을 살다 보니 같은 눈높이에 서지 않은 이들을 무시하는 경향이 없잖아 있었다.

유저들은 눈꼴 시려하면서도 속으로만 분을 삼킬 뿐, 겉으로 표현하지는 않았다. 길드장들도 종종 본인들에 관한 욕을 들어도 한 귀로 듣고 흘리는 식으로 무시했다.

발악해 봐야 서민에 불과했다. 사업에 집중하는 것만으로도 일과가 빡빡했다. 최근 대륙상단연합은 포가튼 사가를 뒤흔들

큰 프로젝트를 준비하는 중이었다.

연합의 재정을 휘청거리게 만들 만큼 획기적인 아이디어 하나를 상품화시키는 데 주력했다. 성공하면 그야말로 대박이었고, 가능성은 충분했다. 몇 달 이상을 매달렸다. 그 노력은 곧 과실을 맺어 세상에 내보일 것이며, 그날은 현재를 기준으로 내일이었다.

*   *   *

"명품관의 오픈 준비는?"

대륙상단연합의 연합 길드장 베라울트의 음성은 들뜬 상태였다. 드디어 오늘, 그토록 심혈을 기울였던 명품관이 오픈된다.

더불어 유저들을 대상으로 실시하는 아이템 페스티벌이라는 이벤트를 대대적으로 개최할 예정이었다. 수백억 골드가 투자됐다. 연합 소속은 물론이고 베라울트 역시 아버지의 눈을 피해 자금을 빼돌리느라고 진땀을 뺐다. 걸린다면 돼지게 맞을 것이다.

"차질 없이 진행 중입니다. 잘나가는 배우들을 섭외해서 곧 대대적인 광고를 넣으려고 합니다."

"좋아."

부관이 넣는다는 광고는 가상을 넘어 현실까지 포함시켜서다. 대륙상단연합의 스케일이 그리 작을 리가 없었다.

"그나저나 괜찮으시겠습니까? 회장님께서 아신다면…….."

"끄응… 죽겠지."

베라울트의 아버지는 미국에서 세 손가락 안에 꼽히는 은행인 실버 뱅크의 회장이었다. 그가 빼돌린 자금은 자그마치 3억 달러였다.

미리 상속된 일부분의 유산을 전부 투자했다. 그뿐이랴? 친구들까지 꼬드겨서 천문학적인 거액을 지원받았다. 망한다면 혼자 죽는 수준을 넘어서서 죄다 공멸이었다.

"부정적인 생각은 그만하도록 하고, 대륙십강의 지원은?"

"헬렌비아와 칼베인은 확답을 보냈습니다만, 투스반의 황금충과 루펠린의 폭풍은 정중하게 거절했습니다."

"정중이란 단어에 황금충도 포함되나?"

"농담으로 하시는 말이시죠? 그놈이 저희 잘되는 꼴을 봐줄 리가 없지 않습니까?"

니쿠룸과 베라울트는 사이가 안 좋았다. 둘 모두 사업에 치중하다 보니 종종 부딪치는 일이 생겨났고, 그때마다 감정의 골이 깊어졌다.

원수까지는 아니라도 마주하기 껄끄러운 정도는 됐다. 개인적인 감정을 배제하고 사업적 동맹을 제안했음에도 거절당했다. 소인배 같은 황금충은 공과 사를 구분할 줄 몰랐다.

"라이세크는 꼭 끌어들여야 하는데…….."

"그 점은 저도 아쉽게 생각합니다. 그는 제가 만나본 대륙십강 중에서는 가장 예의가 발랐습니다. 하지만 수하들을 챙기는 것만도 빠듯해서 지원해 줄 상품 조달이 어렵다더군요."

"라이세크는 그렇다 치더라도 그와 줄이 닿는다면 바하무트와 슈타이너와도 연결될 수 있다. 자네도 알겠지? 그들이 히어로 아이템을 지녔다는 것을."

"다모스 왕국 점령전의 공적 보상과 플레이포럼에 올라온 슈타이너의 전투 동영상, 레이란이 말해준 정보를 종합하면 최소 3~4개 이상은 가지고 있으리라 여겨집니다."

명품관은 경매장 시스템을 눌러 버릴 중요한 사업이었다. 그곳에는 없는 물품이 없었다. 심지어는 유저들이 구경조차 못하는 유니크 아이템도 수백 종 이상을 준비해 뒀다.

지점을 통해 원하는 물품을 검색해서 정보를 받아볼 수도 있었다. 대륙십강을 만난 이유도 그 때문이었다. 그들은 유니크의 지속적인 조달을 약속했다. 대륙상단연합도 그에 합당한 보상을 치르기로 했다. 떼려야 뗄 수 없는 관계가 성립된 것이다.

"개인적인 접촉은?"

"친구가 아니라면 연락을 취하지 못하게끔 외부에서 유입되는 통신 수단을 전부 차단해 놨습니다. 아마란스 영지를 찾아가 봤으나 자리에 없더군요."

"최상위권의 세 명은 물 건너갔군."

"이사벨라는 애당초 생각하지 않는 게 편합니다. 이거야 원… 봤다는 사람이 없으니."

하늘로 솟았는지, 땅으로 꺼졌는지, 수만 명을 풀어 수소문했음에도 머리카락 한 올도 찾지 못했다. 귀신이라 여겨질 정도로 신출귀몰했다.

"이사벨라는 포기한다. 다른 것들은 그대로 진행하되, 라이세크를 설득하든 뭐든, 바하무트를 만날 방법을 찾아내라."

"해보겠습니다."

해야 될 일이 산더미처럼 쌓였기에 지체할 겨를이 없었다.

미국인인 그들은 잘 모를 것이다. 한국에는 등잔 밑이 어둡다는 속담이 존재한다. 둘이서 대화를 끝낼 쯤, 그들이 그토록 찾아 헤매던 바하무트는 아마란스 영지에 세워지는 명품관의 분점을 향해 다가가는 중이었다.

*   *   *

"죄송합니다……."

"괜찮습니다. 이건 애초부터 답이 없던 거예요."

브레인이 미안하단 표정으로 손가락을 만지작거렸다. 며칠 전 바하무트가 폭룡무군 집결이라는 용족 대장군의 병력 유지 방법을 물어봤다.

생각해 볼 테니 시간을 달라 부탁하고는 며칠 밤을 지새웠다. 머리를 굴리고 또 굴렸다. 그러나 뚜렷한 방법이 없었다. 이건 다 필요 없고 돈, 오로지 돈이 많아야 했다.

'한 달 유지비용이 최소 3억 2,000만 골드…….'

이건 개인이 감당할 수준을 한참이나 벗어났다. 브레인이 아는 바하무트의 재력은 준 재벌급이었다. 그것만도 어마어마한 것이었지만, 폭룡무군을 풀로 유지하기는 버거웠다. 아마란스 영지의 세금을 전부 돌린다면 대략 1,500~2,000명 정도는 가능했다.

"어쩔 수 없죠. 있으면 좋고 없어도 그만이니, 더는 신경 쓰지 않으셔도 됩니다."

"집도 사주셨는데 도움이 못 되어서……."

"집은 마음에 드십니까?"

바하무트가 화제를 바꿨다.

이러다간 브레인이 하루 종일 기가 죽어 있을 듯했다. 안 되는 건 일찌감치 포기하는 게 편했다.

"먼발치에서 봤던 집 중 하나가 제집이 된 게 아직도 꿈만 같습니다. 하하, 방이 다섯 개나 되더군요. 작은 다락방까지 합치면 여섯 개고요. 전에는 방이 모자라서 아이들을 방 하나에 몰아 재웠는데 지금은 도리어 남아서 창고로 쓸 지경입니다."

브레인에게 좋은 소식이 생겼다. 바하무트가 팜비치에 전망좋은 이 층짜리 고급 주택을 구입해서 그에게 선물했다. 가격대비로는 최고의 효율을 자랑했기에 무척이나 만족스러워했다.

평범했던 일상에서 하루아침에 벼락부자가 돼버렸다. 그제야 사람들이 왜 인생을 한 방이라 말하는지를 깨달았다. 방도 방인데다 아이들이 뛰어놀 널찍한 마당도 딸려 있어서 여느

대저택 부럽지 않았다. 아직까지도 이게 꿈인지 생시인지 헷갈렸다.

"마침 적당한 가격에 매물이 나왔더군요. 전문가의 도움을 받아서 빠른 절차를 밟았습니다. 마음에 드신다니 다행입니다."

"잘 살겠습니다. 정말……."

저자세를 보이는 브레인의 행동에 바하무트는 슈타이너의 존재가 절실해졌다. 그가 있었다면 분위기가 전환됐을 텐데, 아쉽게도 한국에 없었다.

슈타이너가 가족들과 세계 일주를 떠났다. 기간은 바하무트의 스킬 쿨타임이 돌아오는 한 달 동안이었다. 평소에 바빠서 신경을 못 써줬다며 이참에 실컷 놀다 오겠단다. 원래대로라면 게임 플레이에 지장을 줬겠지만, 3차 전직에 가로막혀 상관없었다.

웅성웅성.

그때 바하무트의 곤란함을 도와줄 구원군이 등장했다. 가까운 곳에서 유저들의 웅성거림이 들려왔다. 현재 둘의 위치는 아마란스 영지의 중앙 분수대였다.

성에 박혀 있기가 하도 답답해서 바깥으로 나온 상태였다. 후작령에 걸맞게 예전보다 화려해진 영지와 끊임없이 유입되는 유저들을 구경하며 시간을 때우는 중이었다.

"뭐지?"

"가볼까요?"

스윽.

바하무트와 브레인이 엉덩이를 뗐다. 가뜩이나 심심하던 찰나에 호기심을 자극하는 무언가가 나타났다. 발을 뗄 때마다 몰려드는 유저의 수가 계속해서 늘어났다. 눈 깜짝할 사이에 수십 명이 수백 명이 돼버렸다. 이러다간 수천 명이 될 기세였다.

숫자가 워낙에 많아서 한 치 앞이 안 보였다. 그에 바하무트가 브레인을 잡고 높은 건물 위로 날아갔다. 시야가 트이며 유저들이 둘러싸고 있는 8층 건물이 모습을 드러냈다.

명품관 아마란스 지점.

대륙상단연합의 길드 마크가 달린 명품관은 대륙 전역, 백작령 이상의 영지에서 동시다발적으로 개점했다. 안정화에 들어서고 나면 남작과 자작령에도 개점할 예정이었다.

"명품관? 이상한 게 개점했네."

"아무래도 그레이슨의 선에서 해결된 것 같습니다. 단순 매매는 그가 도맡아 하거든요."

바하무트는 무늬만 영주일 뿐, 처음부터 영지 일에 관여하지 않았다. 브레인이 없을 때는 그레이슨이 모든 업무를 도맡았고, 그가 온 뒤로는 분담해서 처리했다. 비중은 유저인 브레인이 컸고, NPC인 그레이슨은 간단한 일을 보조하는 정도에서 그쳤다.

바하무트와 브레인이라고 드넓은 영지 내에서 일어나는 모든 일을 숙지하는 건 불가능했다.

"상점 이름으로 보면 대충 느낌이 오는군요."

"바하무트 님, 이걸 보세요."

브레인이 플레이포럼에 올라온 글을 공유했다. 거기에는 명품관에 관한 자세한 설명이 수록되어 있었다.

"오호?"

"흥미롭죠? 이거 성공만 하면 대박입니다. 대체 얼마를 투자한 건지 상상도 못하겠네요."

이미 다른 유저들도 명품관에 관한 글을 읽어 내려가는 중이다. 현실에서도 유명한 배우들을 섭외해서 대대적인 광고를 뿌리는 중이란다.

조회수가 가파르게 치솟으며 댓글이 폭발했다. 그동안 돈이 있어도 구할 수 없었던 유니크 아이템도 명품관을 통해 구매가 가능했다. 그밖에도 여러 맞춤형 서비스를 통해 경매장과는 차별을 뒀다는 내용들을 강조했다. 정말이지 획기적인 사업이었다.

"들어가 보실래요?"

"그러죠. 어디 어떤 명품이 있기에 저리 거창한지 제 눈으로 확인해 봐야겠습니다."

둘은 파도처럼 밀려드는 유저들 틈 속에 섞이며 명품관의 내부로 조용히 스며들어 갔다.

*　　　*　　　*

바하무트와 브레인이 명품관에 들어온 지 얼마 안 됐을 때, 돌연 문이 닫히면서 출입이 차단됐다. 당황할 건 없었다. 조금만 생각해 보면 왜 그러는지를 알 수 있다. 건물이 커다래도 엄연히 수용 한도가 존재했고, 그 한도는 각 층마다 백 명이었다.

호기심이 들끓는 유저들이 모였으니 채우는 건 금방이었다. 줄어들면 줄어드는 대로 새롭게 유입될 것이다. 1층은 무료로 개방되지만, 2층부터는 소량의 골드를 지급해야 개방된다. 무리되는 금액은 아니었다. 기껏해야 몇 골드 수준에 불과했다.

"이해했다."

브레인이 플레이포럼을 종료했다. 그는 명품관에 관한 설명을 읽으면서 이곳의 용도와 원리 등을 숙지했다. 말하자면 일종의 백화점이었다. 형체가 있든 없든, 대륙상단연합의 손길이 닿는다면 무엇이든 골드를 지불하고 구입하는 게 가능했다.

대표적으로 형체가 있는 것은 아이템을, 없는 것은 정보를 일컬었다. 브레인은 여기저기 구경하고 다니는 바하무트를 불러 위층으로 올라갔다.

1층에서 머무는 건 시간 낭비였다. 산 아래에서 정상의 모습을 확인할 수는 없지만, 정상에서는 고개만 꺾어도 아래가 보인다. 꼭대기 층에 오른다면 아래층의 시스템은 자연스레 따라오게 마련이었다. 더군다나 몇 가지 재밌는 특이점을 발견했다.

"아마란스 영지에 건립된 명품관의 지점은 다른 영지의 지점보다 신경을 써준 듯합니다."

"규모가 크다는 뜻인가요?"

"그렇습니다. 일반적인 지점은 규모가 5~6층 선에서 지어졌다는데 이곳만 8층입니다. 이만하면 벨카 왕국의 수도에 건립된 10층 본점과 몇몇 중요 지역에 건립된 8층의 총지점을 포함한 최대 규모입니다. 저는 그 이유가 두 분에게서 기인한다고 봅니다."

"두 분? 저와 슈타이너요?"

"몇몇 중요 지역이 어딘지 아십니까? 대륙십강이 직접 다스리는 영지입니다. 루펠린에서 8층 규모의 명품관은 라이세크 님의 하사인 공작령과 바하무트 님의 아마란스 후작령이 유일합니다. 심지어는 수도인 펠젤루스에도 7층 규모가 건립됐답니다."

"슈타이너의 영지는요?"

바하무트가 고개를 갸웃했다. 대륙십강의 영지에 신경을 써줬다면 슈타이너의 영지도 똑같아야 정상이었다.

"저도 대륙상단연합의 속내는 모르겠지만, 슈타이너 님의 영지는 유동 인구가 굉장히 적습니다. 영주인 본인도 아마란스 영지에서 살다시피 하고, 거리상으로 가깝기도 합니다. 이러한 점으로 추측했을 때, 왠지 한곳에 몰아줬다는 느낌이 드는군요."

"하긴, 경영과는 거리가 먼 놈이라서 관리 자체를 안 하죠.

대리 경영이 아니었다면 이미 망했을 겁니다."

바하무트가 그레이슨에게 맡겼던 것처럼 슈타이너도 NPC에게 경영을 맡겼다. 그 외에는 아주 자그마한 신경조차 써주지 않았기에 무늬만 영지로 둔갑한 지 오래였다. 영지는 미약한 세금으로 운영됐다. 이득도 적자도 없이, 거의 방치한다고 보면 된다.

"흠, 대륙십강의 영지에만 그런 특혜를 부여해 줬다면 떡고물을 기대하는 건가?"

"아무래도 여러 종류의 거래가 활발하다 보니, 그 역시도 배제할 수 없다고 봅니다."

베라울트는 사업적 동맹을 맺은 대륙십강의 영지에만 큰 지점을 세워주려다가 생각을 바꿨다.

이왕 할 거라면 균형을 맞추는 편이 좋았다. 유니크 재배지나 다름없는 곳을 차별하는 건 멍청한 짓이었다. 그렇기에 바하무트의 영지에도 큰 지점을 세워준 것이다.

물론 브레인이 그의 의도를 파악한 건 아니었다. 그저 상권의 흐름을 읽고 어림짐작했을 뿐이었다.

"다 왔네요."

유저들이 아래층에 몰려 있었기에 8층은 굉장히 한적했다. 상점마다 배치된 대륙상단연합의 상인들이 둘을 보며 인사했다. 돈을 받는 월급쟁이들답게 친절하기 그지없었다.

'괜찮은데?'

바하무트가 무기상점에 들러 진열된 무기들의 옵션을 살펴봤다. 실물은 아니었다. 무기의 모양을 본뜬 모형이었다. 구매를 희망할 시, 주문을 넣으면 아이템이 있는 지점에서 원하는 곳으로 배송해 준단다. 손님은 원하는 물건을 고르기만 하면 된다.

브레인은 바하무트가 구경하는 사이 상인들에게 맵퍼 전용 아이템 목록을 부탁했다. 자신에게 필요한 물품이 있는지 없는지를 알아내기 위해서였다.

삶에 여유가 생기다 보니 아이템을 교체하고픈 욕심이 무럭무럭 솟아났다. 가격이 비싸대도 쓸 만한 게 있다면 구매하려 했다. 미래를 위한 투자는 아깝지 않은 법이었다.

"억!"

"왜 그러세요?"

목록의 어느 부분에서 시선을 고정시킨 브레인이 헛숨을 들이켰다. 그의 손이 부들부들 떨려댔다. 바하무트가 소리를 듣고 찾아왔다.

"이, 이거!"

[대모험가의 망원경 : 유니크]

설명 : 세상에는 수많은 모험가가 존재한다. 그들은 여행에서 삶의 활력을 얻어 자신이 살아 있음을 느낀다. 새로운 것을 보고, 듣고, 배우며 성숙해진다. 이 망원경은 유명했던 대모험가의 유

품으로 까마득히 먼 거리로의 시야 확보를 가능케 해준다.

제한 : 2차 전직 이상, **종류** : 망원경, **내구도** : 450/450, **방어력** : 400.
근력 +50, 체력 +50, 민첩 +50, 지능 +150, 무속성 강화, 저항 +40.
특수 옵션
1. 천리안 : 본인이 가봤던 곳이라면 1분 동안, 하루에 단 한
번, 유체이탈을 통해 그곳의 상황을 확인할 수 있다.

"오! 좋은데요?"
"그렇죠? 맵퍼의 유니크 아이템이라니!"
"축하드립니다, 브레인 님, 첫날부터 득템이시군요."
"하하! 감사합니다!"
대모험가의 망원경 말고도 길 잃은 영혼의 나침반이라는 아
이템도 눈에 띄었다. 두 개 다 맵퍼에게 꼭 필요한 종류였다.
브레인은 2차 전직 유저답지 않게 유니크를 착용하지 못했다.
돈이 없어서가 아니었다. 비전투 직업의 유니크는 구하기가
어려웠다.

[대모험가의 망원경 : 가격 25만 골드]
[길 잃은 영혼의 나침반 : 가격 30만 골드]

가격은 합쳐서 55만 골드, 현금으로 따지자면 5,500만원이

었다. 예전 같았으면 쳐다보지도 못할 가격이건만, 지금은 구매할 여유가 충분했다.

'네놈이 부자라면 입만 떠벌이지 말고 사줘라! 승진 좀 하자, 승진!'

상점을 책임지는 상인 유저가 마법의 주문을 외웠다. 그는 상인 생활을 하면서 셀 수도 없는 떠버리를 봤다. 사지도 않으면서 온갖 개폼은 다 잡는 그런 놈들 말이다. 별 기대를 안 했지만, 그럼에도 일망의 희망을 못 버리는 이유는 승진 때문이었다.

'각 지점에서 첫 번째로 매출 100만 골드를 달성하는 길드원에게는 일 계급 승진을 보장한다. 이후에도 꾸준한 성과를 보인다면 그에 합당한 대가를 지급하도록 하겠다.'

연합 길드장인 베라울트가 대륙상단연합에 정식으로 공표한 내용이었다. 간부들에게는 무의미하겠지만, 상인 유저와 같은 말단 길드원에게는 두 번 다시 오지 않을 기회였다. 이 기회를 잘만 이용하면 탄탄대로의 길이 열린다. 그리되면 지점장도 꿈이 아니었다.

"이것 두 개와 이것 세 개 주세요."

"네, 네?"

상인 유저가 당황하자 브레인이 재차 주문했다. 상인 유저는 어지럼증을 느꼈다. 구매 가격이 65만 골드 가까이 됐다.

첫 개시부터 이 정도면 동료들이 따라오기가 벅차진다.

"브레인 님, 잠깐만요."

'안 돼!'

바하무트가 브레인을 제지했다. 상인 유저는 절망했다. 필시 사지 않으려는 게 분명했다.

"제가 구매하면 싸게 살 수 있어요."

"아, 맞다!"

바하무트는 아마란스의 영주였다. 영지에서 판매되는 모든 물품을 10% 할인된 가격으로 구매할 수 있었다. 브레인은 65만 골드를 줘야 되지만, 그는 58만 5,000골드만 주면 된다. 6만 5,000골드가 할인되는 것이다. 이쯤이면 무시하지 못할 금액이었다.

"아이템을 주문하시겠습니까? 유니크 아이템 이상부터는 주문하시면 한 시간 내로 받아보실 수 있습니다."

"결제는 어떤 식으로 진행되나요?"

"선불로 내셔도 되고, 아이템이 도착하면 그때 내셔도 됩니다."

"지금 내죠."

띠딩!

상대는 아마란스 영지의 영주인 바하무트 후작입니다. 직책의 영향으로 65만 골드의 판매가격이 10% 할인되어 58만 5,000골드로 변경됩니다. 아이템을 판매하시겠습니까?

'바하무트 후작?'

얼떨결에 바하무트의 이름을 들은 상인 유저가 굳어버렸다. 그러고 보니 베라울트가 또 다른 말을 했었다.

'아마란스 영지로 가는 길드원들에게 알린다. 매출건과 마찬가지로 폭룡왕 바하무트나 황금의 학살자 슈타이너의 행적을 알아내는 자에게 일 계급 승진을, 자리를 만들어낸다면 이 계급 승진을 보장한다. 타 지점의 길드원들에게도 해당되는 말이다.'

'맙소사!'

그 유명한 바하무트가 눈앞에 있다니, 옆의 유저가 아이템을 구매하려 했다면 은신의 망토에 가려 확인할 수 없었을 것이다.

"저기요. 장사 안 하세요?"

"죄송합니다, 손님! 바로 본점에 주문을 넣겠습니다."

촤륵.

상인 유저가 정신을 차리고 본점으로 주문을 넣으면서 바하무트의 행적에 관해서도 보고했다.

"한 시간 정도 걸릴 겁니다. 그동안 제가 8층을 안내해 드리겠습니다."

"아니, 뭐, 그럴 필요는……."

쓸데없는 과잉 친절에 거부감을 느꼈지만 매출에 큰 도움을 준 서비스라고 생각하고 결국에는 허락했다. 바하무트가 상인 유저의 시커먼 속을 알았다면 애초부터 브레인에게 구매를 맡겼을 것이다.

그는 대륙상단연합에서 자신을 찾아왔었다는 보고를 받지 못했다.

왜냐하면 바하무트가 자리를 비웠을 당시 성문을 지키는 일반 병사들 선에서 대륙상단연합의 연락이 차단됐기 때문이다. 병사들의 입장에서는 며칠에 한 번꼴로 이상한 놈들이 찾아오는 관계로 골치가 아팠다.

그들은 대륙상단연합도 비슷한 부류라고 착각해서 자체적인 판단을 내렸던 것이다. 그 덕분에 바하무트는 아무것도 모른 채 상인 유저의 안내를 받으며 싱글벙글대는 브레인과 곧 다가올 누군가를 기다렸다.

*　　*　　*

"길드장!"

"그러니까… 음?"

베라울트는 회의 도중 기별도 없이 들어오는 부관을 보며 의아해했다. 다른 간부들도 눈을 동그랗게 뜨며 그를 쳐다봤다.

"무슨 일이지?"

"아마란스 영지에서 단번에 60만 골드어치의 아이템이 팔렸습니다!"

"그래? 돈이 많은 유저인가 보⋯⋯."

무의식적으로 말을 꺼내던 베라울트가 끝말을 맺지 못했다. 점점 생각이 구체화되며 부관이 뛰어 들어온 상황과 맞물렸다. 생각은 맞아떨어졌고, 부관이 직접 확인시켜 줬다.

"폭룡왕! 그가 직접 아이템을 구매했습니다. 당장 가서야 합니다! 아이템이 배송되는 한 시간 동안은 연합 소속 길드원이 잡아둔다고 했습니다. 회의는 나중에 하고 어서!"

"회의는 자네들이 알아서들 처리하게. 다녀오도록 하지."

베라울트가 일어났다. 집무실에 모인 간부들은 대륙상단연합의 최고 수뇌부였다. 그가 없어도 그들의 권한으로 처리할 수준의 안건이라 자리를 지키지 않아도 됐다.

"길드 전용 아이템 포탈을 열어뒀습니다."

"좋아. 어디, 포가튼 사가의 절대자를 보러 가볼까?"

모든 유저가 공용으로 사용하는 포탈이 아닌, 대륙상단연합에서 엄청난 자금을 투입해서 만든 전용 포탈이었다. 그곳을 통하면 아마란스 영지까지 최단 시간 내로 도착한다.

베라울트는 가슴이 두근거렸다. 그가 가장 만나보고 싶어 하는 세 명이 바하무트와 이사벨라, 슈타이너였다. 같은 대륙 십강이라도 그들 세 명의 수준은 범접하기가 불가능에 이르렀다. 그리고 지금 만나야 할 이는 그 세 명 중에서도 최고임에 기대감이 솟구쳤다.

파팟!

잠시 뒤, 베라울트와 부관을 감싼 새하얀 빛이 분해되며 그들을 원하는 곳까지 옮겨줬다.

*　　　*　　　*

드릉

기관이 작동하며 8층의 중앙 부분이 튀어 올라왔다. 수백 종류의 아이템 모형이 네모난 칸 안에서 화려함을 뽐내었다.

하나부터 열까지 죄다 유니크였다.

보이는 그대로 유니크 수백 개가 갑작스레 나타났다. 상인 유저의 눈빛에서 대륙상단연합에 대한 자부심이 느껴졌다. 적지 않은 노력과 시간을 투자해서 모은 것들이었다.

"유니크 중에서도 상급 이상만 모아둔 컬렉션입니다. 원래는 특별한 조건을 충족시킨 분들에게만 보여 드리는 위탁 판매, 혹은 전시물품입니다. 그러나 손님께서는 아마란스 지점의 첫 번째 손님이시자 조건에도 충족되시기에 무료로 관람하실 수가 있으십니다. 마음에 드시는 게 있으시다면 저에게 말씀해 주십시오. 구매도 가능하십니다."

조건은 평계였다.

맞는 말이기는 했지만, 그것 때문에 보여준 게 아니었다. 바하무트의 발목을 잡아두려고 시간을 끌다가 지루해하는 기색이 역력해서 기분 전환 겸 보여준 것이었다.

'상점에서 파는 유니크와는 확실히 질부터가 다르군.'

상점의 수준은 최하급에서 중상급 정도였다. 컬렉션은 최소 상급에서 최상급도 높은 비중을 차지했다. 현실에서도 부자들은 별것도 아닌 것 가지고 차별한다. 가상에서도 등급이 다르다며 특별하게 대하는 듯싶었다.

가격대는 기본이 40만 골드였다. 심하면 50만 골드를 넘기기도 했다.

바하무트와 브레인이 컬렉션을 살펴봤다. 가격표 옆에는 어디의 누가 아이템을 제공해 줬는지 상세하게 설명되어 있었다. 대부분이 바하무트가 아는 유저였다. 그리고 그중에는 타마라스의 이름도 눈에 띄었다. 몇 번 훑어보니 금세 시들시들해졌다. 유니크로는 둘의 관심을 지속적으로 끌 수 없었다.

'위탁 판매와 전시, 무슨 차이일까?'

브레인은 문득 대륙상단연합이 무엇으로 기준을 나눠놨는지가 궁금해졌다. 팔면 다 파는 거다. 원인 없는 결과는 없듯이 돈을 추구하는 집단답게 그와 관련된 이유가 있을 터였다.

의탁 판매는 타인의 것을 대신해서 판매해 주는 것이라서 그러려니 했다.

"전시는 왜 하는 겁니까?"

"전시는 일반 유저 분들께 유니크를 널리 알리려는 목적으로 만든 것입니다. 대부분이 대여 비용을 지급하고 빌린 것이죠."

"대여 비용을 얼마나 지급하는지 여쭤 봐도 되겠습니까?"

"레어는 취급하지 않고, 유니크마다 가격이 다릅니다. 보편적으로 물건 가격의 10%를 책정합니다. 음… 대충 한 달에 4~6만 골드 정도를 지급한다고 보시면 됩니다."

말해주면 안 되는 사항이었다. 그럼에도 말해준 건 바하무트의 일행이어서다. 상부에서는 무리한 요구가 아니라면 되도록 들어주랬다. 그러니 이쯤은 괜찮았다.

번뜩.

상인 유저의 말을 듣던 브레인의 눈빛이 깊어졌다. 순간 기발한 아이디어가 떠올랐다. 좀 더 지켜봐야겠지만, 어쩌면 그가 해결하지 못한 난제를 풀어줄지도 모르겠다.

흠칫.

"왜 그러십니까?"

"아, 아닙니다! 신경 쓰지 않으셔도 됩니다."

상인 유저가 안절부절못하며 입구 쪽을 쳐다봤다. 조금 전 그에게로 음성이 날아왔다. 날린 유저는 베라울트였다. 아마란스 영지에 도착했고, 곧 8층으로 올라갈 거란다. 그로서는 쳐다볼 수도 없는 대륙상단연합의 연합길드장이 직접 찾아온 것이다.

'2층, 3층, 4층…….'

상인 유저가 속으로 타이밍을 계산했다. 숫자가 올라갈수록 그의 심장박동 수도 따라 올라갔다. 둘을 만나게만 해주면 이 계급 승진이었다.

더군다나 현재 매출로도 1위였다. 삼 계급이나 승진한다면 아마란스 지점의 점장은 따놓은 당상이었다. 상단에 가입한

지 어언 일 년이 흘렀다. 기본적인 승진까지 종합, 사 계급 승진이 돼버린다. 이쯤이면 상단 내부의 중간 간부가 될 수 있었다.

'5층, 6층, 7층… 8층!'

띵!

승강기가 소리를 내며 8층에 안착했다. 걸어 올라가기에는 층수가 높은 편이었다.

드르르르.

문이 열리면서 젊은 사내 둘이 모습을 드러냈다. 부랴부랴 급하게 나타난 베라울트와 그의 부관이었다. 그들은 곧장 바하무트에게로 다가갔다. 바하무트와 브레인은 아이템이 왔다 생각하며 기뻐했지만 상인 유저는 베라울트를 보자마자 몸을 깊숙이 숙였다.

"연합 길드장님을 뵙습니다! 명품관 아마란스 지점 8층 제3장 비상인 투루벤입니다!"

"연합 길드장?"

바하무트가 작게 되뇌었다. 대륙상단연합의 연합 길드장이라면 소문으로만 들었던 베라울트가 분명했다. 공사가 다망하신 분일진대 어찌해서 이곳으로 왔는지 의아하기만 했다. 설마 하니 아이템을 배달 왔을 리는 없고, 서로 안면도 없는 상태였다.

"고생했네. 좋은 소식을 기대하도 좋아. 잠시 자리를 비켜 주겠나?"

"예!"

상인 유저는 동료들과 함께 8층에 마련된 휴게실로 들어갔다. 나오라고 할 때까지는 휴식 시간이었다.

"바하무트 님?"

"제게 볼일이 있으신지?"

바하무트가 은신의 망토를 벗으면서 앞으로 한 걸음 내디뎠다. 8층 내부의 유저 수가 적기도 했지만, 정확히 지목당하고도 정체를 숨길 만큼 뻔뻔한 성격은 아니었다.

"반갑습니다. 대륙상단연합을 책임지는 베라울트라고 합니다."

"바하무트입니다."

베라울트가 손을 내밀었다. 바하무트가 손을 맞잡았다. 가벼운 흔들림이 느껴졌다.

"아! 이것부터 받으시지요."

베라울트 님이 거래를 요청합니다. 거래 품목은 대모험가의 망원경과 길 잃은 영혼의 나침반입니다.

바하무트가 거래를 수락했다. 그리고는 다시금 브레인에게 골드를 받고 아이템을 넘겨줬다.

"시간이 괜찮으시다면 잠시 대화를 나눴으면 합니다만?"

"음……."

바하무트가 주변을 둘러봤다. 자리를 비워줬다고는 해도 대화에 적합한 편은 아니었다. 상대의 신분과 정중한 행동으로 볼 때 거절하는 것은 예의에 어긋난다. 딱 봐도 일부러 찾아온 듯했다. 시간도 여유로웠기에 왜 찾아왔는지쯤은 들어주는 게 예의였다.

"제 성으로 자리를 옮기시죠. 여긴 부담스럽네요."

"좋습니다."

바하무트가 자신의 성으로 손님들을 안내했다. 그에 베라울트와 부관이 그를 뒤따라갔다.

* * *

따뜻한 김이 모락모락 피어오르는 차를 사이에 두고 네 명의 사내가 마주 보고 앉아 있었다.

"자작령을 이만큼이나 키워내시다니, 대단하십니다."

"딱히 뭐, 자금만 지원해 줬을 뿐 제가 한 일은 없습니다. 대부분 NPC인 집사와 옆에 계신 브레인 님이 많이 도와주셨습니다. 문제가 없다 보니 무럭무럭 크더군요."

"그게 대단하다는 겁니다. 어느 누가 아마란스 영지를 건들겠습니까? 니쿠룸처럼 되고 싶지 않고서야. 큭큭!"

베라울트는 배불뚝이 똥자루 드워프가 당했음에 기쁘기만 했다. 바하무트는 그와 니쿠룸의 사이가 안 좋다는 걸 잘 알았다. 플레이포럼을 10분만 뒤져도 원인을 알게 된다.

"그나저나 절 찾아오신 이유가 무엇입니까?"

바하무트가 곧장 본론으로 들어갔다. 예정에 없던 일이기에 시간을 끌고픈 마음이 없었다. 베라울트의 웃음기가 뚝하고 끊겼다. 표정이 진중해지며 그가 입을 열었다.

"본론을 말씀하셨으니, 저도 본론을 말씀드리겠습니다. 바하무트 님께서는 히어로 아이템을 보유하고 계시지요? 솔직하게, 솔직하게 말씀해 주셨으면 합니다. 부탁드립니다."

"네, 보유하고 있습니다."

"실례지만 몇 개인지도 알려주실 수 있으십니까?"

바하무트의 미간이 일그러졌다. 불쾌해서라기보다는 가르쳐 줄지 말지가 곤란해서였다.

[바하무트 님, 가르쳐 주세요.]

[귀찮아질 수도 있습니다.]

[구매가 목적이 아닐 겁니다. 저를 한 번만 믿어주세요. 좋은 결과가 생길지도 모릅니다.]

[브레인 님이야 언제든 믿죠.]

만난 지 반년도 안 됐지만, 브레인은 없어서는 안 될 존재로 급부상했다. 슈타이너만큼은 아니라도 몇몇 친한 유저와 비슷한 비중을 차지했다. 그가 없다면 당장 내일부터 영지 등의 골치 아픈 일들을 떠맡아야 했다. 그밖에도 나열하자면 끝도 없다.

"제가 착용한 걸 제외하면 7개, 포함하면 9개입니다."

"9개… 말입니까?"

겁화의 위엄은 히어로로 분류했다. 주지도 보여주지도 않을 거라 어떻게 속이든 그게 그거였다. 화룡의 송곳니와 어둠의 미궁에서 얻은 히어로를 합하면 9개가 정확히 떨어진다. 브레인과 슈타이너에게 두둑이 보상해 줘서 온전히 그의 소유였다.

"숫자를 말씀드렸습니다. 절 보시려 한 이유도 말씀해 주시길."

모름지기 하나를 줬으면 하나를 받아야 한다. 혼자서만 말하면 대화가 성립되지 않는다.

"제가 찾아온 이유는……."

베라울트는 얼마 뒤에 개최될 아이템 페스티벌에 관해 알려 줬다. 어떤 종류든 뛰어난 옵션의 아이템을 지녔다면 페스티벌 참가가 가능했다. 우승을 한다면 1,000만 골드의 상금을, 순위권에만 들어도 그에 걸맞는 푸짐한 상품이 보상으로 주어진다.

"저보고 아이템 페스티벌에 참가해 달라는 겁니까?"

바하무트에게는 이득이었다.

데이로스의 건틀렛인 검은 폭풍의 암흑마권과 검은 폭풍의 암흑망토 중 하나만 내놔도 우승은 충분했다. 요즘 대륙십강이 떼거리로 달려들어 절망 등급의 몬스터를 잡아댔다. 그래 봐야 300~310레벨 사이의 몬스터가 떨구는 히어로 최하급에 불과했다.

"그건 기본 사항일 뿐입니다. 저희가 원하는 것은 바하무트 님이 보유하신 아이템의 전시입니다."

"전시요?"

"유니크만 해도 유저들의 관심을 독차지합니다. 그런데 히어로가 전시된다면? 옵션을 보려고 사방에서 몰려들 것입니다. 가질 수가 없으니 대리만족이라도 하려 하겠죠."

"아마란스 지점에 전시된 아이템들을 봤습니다. 그곳에는 대륙심강에 속한 다섯 명의 이름표가 있더군요. 그들이 히어로는 안 주던가요?"

"다섯 명 모두 그 점에 관해서는 말해주기 싫은지 말문을 닫더군요. 보유했는지 안 했는지는 모릅니다. 그저 유니크를 지원받는 것에 만족해야 했습니다. 그마저도 안 되면 전시의 의미가 없어집니다. 숨김없이 말해주신 분은 바하무트 님이 유일합니다."

[제가 말하겠습니다.]

[부탁드립니다.]

브레인이 나섰다. 대화가 거의 막바지로 치닫는 중이었다. 이만하면 듣고 싶은 말은 다 들었다.

"전시는 포장이고 바하무트 님의 아이템을 양도받아 명품관 홍보에 사용하겠다는 뜻으로 들리는군요. 지속적인 유동인구의 확보와 골드 수금이 따라붙을 테고……. 어디 보자, 경매장의 아이템들이 한꺼번에 빠져나가면 시세 변동과 틈이 생기는 건 당연……."

베라울트의 눈매가 날카로워졌다. 초반의 몇몇 힌트는 그가 풀어준 것이지만, 내용이 이어질수록 대륙상단연합의 계획이

낱낱이 드러났다. 이래서는 거래에서 유지한 고지를 점하기 어려웠다. 무리하지 않는 선에서 상대가 원하는 모든 것을 들어줘야 했다.

"뛰어나신 분을 곁에 두고 계시는군요."

"저를 몸통으로 비유하자면 슈타이너가 팔다리, 브레인 님이 머리입니다. 많은 도움을 받고 있습니다."

"그런데 슈타이너 님께서는?"

"한 달 동안 해외여행을 떠났습니다."

"여행, 좋지요."

베라울트가 말을 하며 어떤 조건을 내놓을지 고민했다. 어쭙잖게 내놨다간 웃음거리로 전락한다.

"히어로 아이템의 전시를 허락해 주신다면 달마다 100만 골드를 드리겠습니다. 물론 개당입니다."

"착용한 것은 드릴 수가 없으니 7개면 700만 골드로군요."

현금으로 계산하면 7억 원이었다.

평범한 유저라면 게거품을 물고 기절한 거액임에도 바하무트와 브레인에게는 한없이 적게 느껴졌다. 아무래도 아이템을 본 적이 없어서 값을 측정하지 못하는 듯했다. 브레인은 값을 측정하기 쉽도록 바하무트에게 아이템 옵션을 보여달라고 했다.

"보신 다음 다시 이야기하죠."

"크헉!"

베라울트가 옵션을 살피다가 학질에 걸린 사람처럼 몸을 부들부들 떨어댔다. 옆에 앉아 있던 부관도 마찬가지였다. 이건 그들이 생각하던 수준을 한참이나 벗어났다. 유니크는 제아무리 비싸봐야 수천만 원 선에서 그친다. 억대로 넘어가려면 구매자가 돈에 구애받지 않는 재력을 보유했거나 소유욕구가 시세를 초월했을 때뿐이었다.

'나에게… 나였다면…….'

베라울트의 뇌가 계산을 시작했다.

정확한 시세 판별이 어려웠기에 제 자신에게 구매 시세를 맞췄다. 이 아이템을 경매로 내놓으면 장담컨대, 특히 돈 꽤나 있다고 자부하는 유저는 죄다 달라붙을 것이다. 그중에서도 암속성 계열의 유저들은 이걸 구매하려고 집을 내놓을지도 모르겠다.

'10억? 20억? 아니다. 30억 이상이라도 산다.'

세상의 경제권을 주무르는 재벌들에게 수십억은 돈도 아니었다.

그들에게 시세 따위는 무의미하다. 그냥 구매할 능력이 되면 하고 안 되면 안 하고의 두 가지 가치관밖에 없었다. 재벌들은 태생적으로 타고나는 생활환경과 그를 기초로 한 뇌 구조가 범인들과는 달랐다. 그렇기에 상식이란 게 존재치 않았다.

"이래도 700만 골드를 부르시겠습니까?"

짧게나마 유지되던 정적이 브레인의 음성에 깨어졌다. 그의 표정은 차분했다. 흐름이 넘어와서다. 다시 뺏길 일은 없겠지만, 혹시라도 그러지 않도록 잘만 유지하면 된다.

"시간을 주셨으면 합니다. 이런 수준일 줄은……."

"아닙니다. 복잡하게 생각할 필요는 없습니다. 왜 꼭 시세를 정해서 그에 맞는 비율을 정하려고 하십니까?"

씨익.

브레인이 웃었다. 가지런하고 새하얀 치아가 보였다. 그 모습을 바라보던 베라울트의 표정이 딱딱하게 굳었다. 그는 대륙상단연합의 총책임자였다. 현실이나 가상이나 상거래라면 이골이 난 지 오래였다. 저 말이 무슨 뜻인지를 모르려야 모를 수가 없었다.

"수익 배분을… 하자는 말씀이시군요."

"맞습니다. 시세 책정은 여러 문제점이 있습니다. 하지만, 수익 배분은 거짓말을 하지 않죠. 보면 보는 대로, 팔리면 팔리는 대로 정해진 배분에 따라서 나누면 되는 겁니다. 5:5로 나눌 시, 1억 골드의 이들을 창출했다면 5,000만 골드씩, 어떻습니까?"

베라울트가 침묵했다.

수익 배분에 관해 몰라서 안 말한 게 아니었다.

상인들은 개개인마다 추구하는 거래 방식이 존재한다. 그중 베라울트는 어떤 거래든 간에 유리한 고지를 점하는 방식을 고수했다. 그걸 브레인에게 간파당한 것이다. 확실히 대륙십강과 그들의 측근에게는 대륙상단연합의 위세가 먹혀들지 않았다.

"싫으시면 거절하셔도 됩니다. 저희 쪽은 어느 쪽이 되든 상관이 없으니까요."

"아닙니다. 그러도록 하죠. 몇 대 몇을 원하십니까?"

아쉬울 것 없다는 브레인의 말에 베라울트가 유리한 고지를 버리고 흥정에 들어갔다.

"5:5라면 전시에 응하겠습니다. 더 나아가 바하무트 님께서 모으신 모든 컬렉션을 제공해 드리죠."

"모든… 걸 말씀이십니까?"

"히어로가 저만한 숫자라면 유니크는 감이 잡히시는지?"

브레인은 베라울트와 대화를 하면서 바하무트에게도 어찌해서 이런 행동을 하는지를 자세하게 설명해 줬다. 처음에는 약한 거부 반응을 보였지만 나중에는 조건만 충족된다면 겁화의 위엄과 화룡의 송곳니를 제외한 아이템 전부를 전시하기로 했다.

착용했어도 모형으로 만들면 전시는 가능했다. 그러나 두 아이템의 옵션은 공개되어 좋은 게 없는 등급이었다. 과한 것은 좋지 않았다. 무엇이든 적당한 게 좋았다.

"좋습니다! 연합 길드장의 직권으로 결정하겠습니다. 단! 상단 소속 간부들의 불만을 줄이려면 바하무트 님이 보유하신 컬렉션 목록이 필요합니다. 계약서 작성 등의 향후 일정은 상단회의가 끝나는 대로 진행하도록 하겠습니다. 괜찮으시겠습니까?"

"괜찮습니다."

바하무트가 평소에 가지고 다니던 목록을 복사해서 베라울트에게 건네줬다.

목록을 훑어보던 베라울트가 어지러움을 느꼈다. 개인이 모았다고는 믿을 수 없을 만큼의 숫자였다. 간부들을 설득하기에 충분했다. 전시가 진행되고 계약에 따라 아이템 종류가 업그레이드된다면 상단의 홍보와 더불어 수익이 기하급수적으로 증가할 것이다. 그야말로 황금알을 낳는 거위였다.

"며칠, 며칠 내로 연락을 드리겠습니다."

"살펴 가시지요."

바하무트와 브레인이 베라울트 등을 배웅했다. 둘의 얼굴에서 미소가 떠나질 않았다.

"가능할까요?"

"가능합니다. 바하무트 님과 대륙상단연합의 명성, 히어로 아이템과 그것을 보고 싶어 하는 유저들의 호기심이 더해지면 폭룡무군의 반은 유지하실 수 있을 겁니다."

베라울트와의 거래는 폭룡무군의 유지비용을 모으려는 편법이었다.

수백억의 비용을 바하무트 혼자서 감당해 내는 건 불가능했다. 배보다 배꼽이 더 컸다.

베라울트는 둘의 고민을 해결해 줄 자금줄이었다. 복잡한 절차 없이 아이템만 내어주면 수익이 들어온다. 아마란스 영지의 세금과 전시수익을 합산하면 못해도 반 정도는 해볼 만했다. 물론 잘만 된다면 전부도 가능했다.

"대충 정리도 됐고, 사냥이나 가실래요?"

"저야 좋죠."

바하무트는 요즘 메릴 강 건너편을 기웃거렸다. 슈타이너의 전직이 끝나면 이곳을 정벌할 예정이었다. 그전에 아군에게 필요한 조사를 해놓으려 함이었다. 멘티스들의 수준이 높은 편이기는 해도 그거야 유저들과 비교해서지 그와 비교해서가 아니었다.

파팟!

둘은 메릴 강 건너편으로 이동했다. 모르긴 몰라도 당분간 은 이런 생활이 반복될 것이다.

*　　　　*　　　　*

며칠이 흐르고 베라울트에게서 연락이 왔다.

상단회의가 만장일치로 통과됐단다. 조만간 계약서를 들고 찾아오겠다며 양해를 구했다. 바하무트는 언제 오든지 찾아오 는 날짜만 정확하게 알려주면 상관없다고 했다.

그에게도 스케줄이란 게 있었다. 그리고 베라울트는 아이템 페스티벌의 참가 여부를 물어봤다. 바하무트는 참가하겠다고 했다. 천만 골드였다. 돈에 욕심이 없다고 공돈마저 버리지는 않는다. 어쨌거나 전시에 관한 일은 넘어갔다. 자기들이 알아 서 처리해 줄 테니 신경 쓰지 말란다.

"이게 뭐지?"

바하무트가 금박으로 치장된 초대장을 이리저리 돌려봤다.

엉덩이 무겁기로 유명하신 루펠린의 국왕께서 직접 보낸 것이었다. 내용이 궁금했다. 읽어봐야겠다.

본국을 지탱하는 위대한 울티메이트 마스터인 바하무트 후작에게······.

"윽, 제길."

첫 문장은 고리타분했다. 이러한 부분은 과감히 건너뛰었다. 시간 낭비에 불과했다.

본국은 얼마 전에 치른 큰 전쟁으로 자국의 국력을 한층 더 발전시키는 쾌거를 이룩······.

다모스 왕국 점령전을 말하는 듯했다. 영토의 40%가 넓어졌으니, 이런 말을 쓸 만한 자격이 있었다. 바하무트가 초대장을 쭉 읽어 내려갔다.

그의 표정이 미묘하게 변해갔다. 좋지도 나쁘지도 않은, 뚜렷한 감정이 섞여 있지 않았다. 그러다가 끝부분에 가서야 드디어 감정이 바깥으로 드러났다. 올 게 왔다는 식의 놀라움이었다.

···선포를 하려 하니, 그대가 꼭 참석해 줬으면 하네.

바하무트가 초대장을 고이 접어 인벤토리에 집어넣었다.

입궁에 필요해서 버릴 수는 없었다. 걱정되면서도 한편으로는 재밌을 것 같은 일이 다가왔다. 여기까지는 타마라스가 그려놓은 그림대로 진행됐다. 앞으로도 그리된다면 멀지 않은 미래에 어마어마한 일이 터질 것이다. 막으려면 지금보다 더 강해져야 했다.

초대장에 게시된 날짜는 50일 뒤였다. 삼 주 뒤에 슈타이너가 해외여행에서 돌아온다. 곧바로 전직 퀘스트를 진행하고 메릴 강을 정벌한 다음 수도로 올라가면 된다.

"불씨가 타오른다."

바하무트가 중얼거렸다.

루펠린의 선포는 전 대륙으로 뻗어나가 모두를 놀라게 만들 테고, 이 일을 기점으로 어떤 식으로든 헬렌비아 제국이 움직일 것이다. 왜냐고? 그것은 루펠린의 제국 선포였으니까.

*　　　*　　　*

까마득하게 넓은 대전의 가장 높은 곳.

화려하게 보석으로 치장된 황금 황관을 쓴 중년 사내가 차갑고 오만한 눈빛으로 좌중을 내려다봤다. 레벨은 낮았지만 절대적인 카리스마가 느껴졌다. 유저들이 그의 머리 위에 써져 있는 이름을 읽었다면 이해했다는 듯 고개를 끄덕였을 것이다.

헬렌비아 폰 크라이시아 17세.

대륙 최강국을 다스리는 헬렌비아 제국의 황제가 바로 그였다.

그의 옆에로는 네 명의 기사가 서 있었는데 모두 350을 넘어서는 레벨을 보유하고 있었다. 바로 제국을 근간을 지탱하는 네 명의 울티메이트 마스터였다. 그중에서도 가장 독보적인 레벨을 보유한 존재는 단연 제국제일기사인 솔레이온 공작이었다.

399레벨 제국제일기사.

붉은 혈광의 솔레이온 공작.

마음먹고 검을 뽑으면 세상천지를 핏빛으로 수놓음에 붙여진 별명이었다. 단 한 번도 패배한 적이 없으며, 오직 정처 없이 대륙을 떠도는 슬픈 눈의 샤칸하고만 무승부를 기록했다고 알려져 있었다. 이 사실은 본인을 포함한 극소수의 관계자밖에 몰랐다.

"솔레이온 공작."

"말씀하십시오, 폐하."

"루펠린의 내부가 안정기에 들어섰다지?"

"그렇습니다. 루펠린과 더불어 칼베인도 다모스 왕국의 영토를 완벽하게 흡수했습니다."

"쯧쯧! 칼베인처럼 루펠린도 상잔했다면 좋았을 것을."

황제가 아깝다는 듯 혀를 찼다.

다모스 왕국 점령전에서 칼베인과 다모스의 울티메이트 마스터가 동사했다. 루펠린도 그랬다면 상당한 전력이 감소됐을 텐데 아깝기 그지없었다. 그때를 기점으로 루펠린의 국력이 기하급수적으로 증가했다. 지금은 제국 전체 국력의 반절에 해당했다.

"그 뭐랬더라? 그레우스 공작을 죽인 놈의 이름이?"

"바하무트라고 했습니다."

움찔!

바하무트의 이름이 거론되자 사대공작 아래쪽에 위치한 두 명의 몸이 가볍게 떨렸다. 솔레이온 공작을 포함한 몇몇은 그러한 행동을 눈치채고도 모른 척했다. 황제와 말을 섞으면서 시선을 돌릴 수는 없는 노릇이었다. 무엇이 중요한지를 파악해야 했다.

"신의 축복을 받았으니 빠르게 성장하겠군. 지금쯤이면 상당히 강해졌겠지? 안 그런가, 공작?"

"그럴 수도 있겠지요."

솔레이온 공작은 긍정도 부정도 하지 않았다. 보이지 않는 상대의 역량을 제멋대로 잴 수는 없음이었다. 황제도 그의 성격을 잘 알았기에 그러려니 하고 넘어갔다.

"루펠린에 셋, 칼베인에 하나인가? 적국에도 울티메이트 마스터가 네 명이로군."

"신의 축복을 받은 이들이 하나둘 두각을 나타내고 있습니다. 언제 경지를 뛰어넘을지 예측할 수 없기에 숫자를 정해놓는 건 무의미한 듯합니다."

"하긴, 본국만 해도 세 명인가?"

황제가 아래쪽을 쳐다봤다.

헬렌비아 제국소속 대륙십강의 세 명이 눈에 띄었다. 당연하겠지만 타마라스는 대공의 직책을 지녔음에도 사대공작보다 아래에 위치했다. 팔은 안으로 굽는다. 그가 아반트 공국의 대공이라도 황제의 최측근을 제치고 상석에 앉을 수는 없었다.

"날개 없던 루펠린에 날개가 달렸다. 자연스레 날아보고 싶다는 생각이 들 것이다. 당장 꺾을 수 있다면 좋겠지만, 상황이 여의치 않으니 잠시 그 기분을 누리도록 도와주려 한다. 그래서 말이야… 축하사절단을 보내려고 하는데, 누가 가겠는가?"

황제는 루펠린이 제국 선포를 하려는 것을 진작 알아차렸다.

그렇기에 이번에 개최한 제국회의는 그동안에 생겨났던 사안 등을 총체적으로 재검토해 보는 자리임과 동시에 그런 루펠린에 보낼 사절단을 구성할 목적도 지니고 있었다.

"제가 가겠습니다."

"대공이?"

타마라스가 자처했다.

황제가 의아한 표정으로 되물었다. 원래는 후작이나 백작 정도를 보낼 생각이었다. 그런데 그가 간다고 하니 제법 놀랐다.

"흐음, 대공이 간다면야 딱히 막지는 않겠네만, 이유가 있는가?"

"그렇습니다. 황제 폐하께서 내려주신 명령을 수행하면서 만나보고 싶은 자들이 있습니다."

"그래? 대공 말고 나설 이가 있나?"

황제가 좌중을 훑어봤다. 나서는 이가 없었다. 타마라스가 가는 쪽으로 분위기가 흘러갔다.

"좋아. 그대가 가도록. 자세한 일정은 확정되는 대로 알려주지."

"감사합니다, 폐하!"

타마라스가 고개를 숙이고는 뒤로 물러섰다. 그의 눈빛이 싸늘하게 가라앉았다. 이유를 물어봤는가? 간다는 자체는 귀찮지만 오랜만에 놈들의 얼굴을 봐두는 것도 나쁘지 않을 듯싶었다. 득의양양한 표정을 봐두려면 전쟁이 벌어지기 전에 봐둬야 했다.

'킥! 즐거운 만남이 됐으면 한다.'

타마라스는 겉으로는 내색하지 않고 속으로 웃어댔다. 지금은 제국회의 도중이었다. 기대와 흥분이 치솟음에도 평정심을 유지해야 했다. 부디 놈들도 즐거워해 줬으면 좋겠다.

32장
라미아 족장의 부러진 창

년 단위의 시간도 후딱후딱 흘러가는 판국에 한 달 정도는 시간 축에도 끼지 못한다. 어떻게 아냐면 어느새 해외여행을 끝마치고 돌아온 슈타이너만 봐도 알 수 있었다.

"헤이! 요! 형님! 요! 외국 정말 장난 아니에요!"

"그, 그래."

바하무트는 벌써 몇 시간째 슈타이너를 상대해 주느라고 정신이 아찔할 지경이었다. 도대체가 한글을 쓰는 건지 영어를 쓰는 건지 분간이 어려웠다. 말을 내뱉는 족족 정체불명의 이상한 발음들을 섞어댔다. 사정을 알고 보니 해외여행이 처음이란다.

바하무트는 어렸을 적부터 조기교육 등을 목적으로 이곳저

곳 안 가본 곳이 없었다. 그렇기에 해외에 대한 흥미가 비교적 떨어졌다.

슈타이너의 수다는 쉬지 않고 계속됐다.

브레인은 조금 전에 도망쳤다. 도와달라는 표정을 내지었건만, 끝낼 업무가 남았다면서 차갑게 돌아섰다. 모르긴 몰라도 저 입이 멈추기 전에는 죽은 듯 숨어 있을 것이다.

"슈타이너, 3차 전직하러 가자."

"앗! 맞다! 3차 전직!"

솔직한 심정으로 바하무트는 지금 당장은 사냥을 가기가 귀찮았다. 그럼에도 슈타이너의 주둥이를 다물게 만들려고 무리를 감행했다. 결과는 성공적이었다. 슈타이너의 발음이 정상으로 돌아왔다. 기회는 이때뿐이었다. 여세를 몰아붙여야 한다.

"준비하고 와라. 기다리마."

"넵!"

슈타이너가 본인 소유의 영지로 텔레포트했다. 보급물자 등을 챙기기 위해서였다. 그 모습을 지켜보던 바하무트가 이마를 어루만지면서 브레인에게 음성을 날렸다.

끼익.

집무실의 문이 열리면서 브레인이 머리만 내밀었다.

그는 바깥에서 대기하던 중이었다. 어찌나 괘씸한지 머리를 쥐어박고 싶을 정도였다.

"없어요, 없어."

"앞으로 슈타이너 님 해외 보내지 마세요."

"끄응! 브레인 님, 절망의 평원을 가야될 것 같아요. 저 녀석 입을 닫으려고 3차 전직하러 가자고 했거든요."

"차라리 그게 낫겠네요. 어차피 해야 될 일이었고 이참에 마무리 짓죠?"

브레인이 긍정적으로 반응했다. 할 일이 너무나도 많았다. 슈타이너의 전직을 도와주면 곧이어 메릴 강 건너편을 정벌해야 했다. 그 이후에는 루펠린 왕궁으로 떠난다. 할리우드의 특급 배우 못지않은 최악의 스케줄이었다. 피골이 상접할지도 모르겠다.

"가는 건 문제없겠네요."

"좌표가 있어서 눈 깜빡할 사이면 도착할 겁니다."

예전에는 대군락을 찾으려고 몇날며칠을 헤맸다. 그러나 한 번 갔다 온 곳이기에 좌표 지정이 돼 있는 상태였다. 도시로 이동해서 도착하기까지 하루도 안 걸릴 것이다.

[저는 끝났어요.]

[중앙에서 보자.]

둘은 슈타이너의 음성을 듣고는 집무실을 나가 중앙 분수대로 향했다. 그곳에서 출발하려 함이었다.

"자자! 빨리 끝냅시다!"

바하무트가 일행의 사기를 북돋았다. 빨리 끝낼 자신은 없었지만, 이왕이면 좋게 생각하는 게 편해서다. 새하얀빛이 번쩍이며 셋이 처음 만났던 그 도시로 이동시켜 줬다.

　　　　　*　　　*　　　*

　　바하무트 일행이 절망에 평원에 들어섰다. 슈타이너야 그
레벨 그대로였지만 바하무트와 브레인은 과거보다 발전했다.
　　좌표가 있대도 위치를 알 뿐, 순식간에 이동할 수 있다거나
한 것은 아니었다. 그에 지루함을 피하려고 대화를 나누면서
이동했다.
　　"정말요? 그런 일이 있었어요?"
　　슈타이너가 눈을 동그랗게 뜨며 되물었다.
　　폭룡무군의 유지비용을 충당하려고 대륙상단연합의 베라울
트와 거래를 했다는 점은 그의 흥미를 돋웠다. 더군다나 그 일
이 제법 잘 풀려서 승승장구하는 중이란다.
　　"형이 아이템 페스티벌에서 우승했다. 상금으로 1,000만 골
드도 받았어."
　　"으아! 진짜 아쉽다! 독사왕하고 타이탄 내놨으면 못해도 준
우승인데! 그럼 5억인데!"
　　말은 그리해도 크게 아쉬워하는 기색은 안 보였다. 슈타이
너는 지난 한 달 동안 세상에서 제일 소중한 가족과 값으로 매
길 수 없는 추억을 쌓았다. 그것으로 충분했다.
　　"다 와갑니다."
　　브레인이 경고했다. 그러더니 예전에 들었던 것처럼 아쿠락
트의 대군락이라는 알림음이 들려왔다. 조용하게 나무 사이로

숨어 들어갔다. 퀘스트 수행에 앞서 세워놨던 계획을 재점검하기 위해서다. 무작정 치기에는 적의 전력이 압도적으로 강했다.

"바하무트 님, 아쿠락트가 전형적인 무장의 성격이라고 하셨죠?"

"떼거리로 달려들기보다는 제 스스로 강하다는 걸 알아서인지 일대일을 신청했습니다. 단편적인면만 봐서 확실치는 않아도 비겁한 성격과는 거리가 멀어 보였습니다."

"그런 성격이면 쉬워질 수도 있겠네요."

아군은 셋인 반면, 적은 수십만이었다. 바하무트가 400레벨을 넘었으면 몰라도 현재로는 계란으로 바위 치기였다.

브레인은 바하무트에게 아쿠락트에 관해서 물어봤다. 최고 수장의 성격을 알면 무언가 뾰족한 수가 생길지도 모른다는 기대감에서였다. 그 결과, 통할지 안 통할지는 해봐야 알겠지만 시도해 볼 만한 방법이 떠올랐다. 통한다면 별 어려움 없이 해결될 것이다.

"일단 제가 하라는 대로 해보세요."

"알겠습니다."

바하무트가 브레인의 말을 귀담아 들었다.

우스운 모습이었다. 정작 전직의 당사자는 슈타이너인데 책임이 부여되는 건 바하무트였다.

두둥실.

바하무트가 상공으로 떠올랐다. 그리고는 본체로 현신해서 크게 외쳤다. 그것은 다름 아닌……

*　　*　　*

"폭룡무장 바하무트가 명한다. 나를 떠받드는 화룡들이여! 본 장군의 부름에 응하여라. 폭룡무군 집결!"

화르르륵!

푸아아악!

어마어마한 열기가 사방을 잠식하며 시뻘건 불꽃이 반경 수백 미터를 뒤덮었다. 난데없는 소란에 대군락의 라미아들이 우왕좌왕하며 시끄러운 소리를 꽥꽥 질러댔다.

대장군의 부름을 받은 1,□□□명의 폭룡무군이 집결합니다. 어떤 명령이든 목숨 바쳐 수행할 것입니다.

쿠오오오!

드라코닉으로 이루어진 화룡들이 포효했다. 유저들의 몇 배를 상회하는 덩치여서 상공이 가득 채워진 듯한 착각이 일어났다.

그들의 중심에서는 9미터 거체의 바하무트가 대군락을 쳐다보고 있었다. 기본 199레벨에 부대장은 299레벨이었다. 뽑아낼 수 있는 한도 내에서는 최고 수준의 부대였다.

고작 한 개 레이드를 유지하는 데 들어가는 비용이 달에

70억을 넘어섰다. 전시대금이 제대로 지급되기 전까지는 이 정도만 유지하기로 했다. 한꺼번에 생성했다가는 파산을 면치 못한다.

"나와라. 아쿠락트."

바하무트가 아쿠락트를 불렀다. 이미 대군락은 전투 준비가 끝났다. 1/10규모의 폭룡무군으로 상대하기에는 지나치게 강한 전력이었다. 코어 등급은 되어야 해볼 만했다. 일반 라미아는 무시해도 200레벨 이상의 라미아가 한눈에 봐도 수백 마리였다.

"오랜만이군."

거대한 언월도를 등 뒤에 멘 아쿠락트가 모습을 드러냈다. 그는 변함없이 건재했다.

'망할.'

바하무트가 욕지거리를 내뱉었다.

350레벨을 찍고 스킬 숙련도가 증가하면서 상대를 관찰하는 기술도 능숙해졌다. 아쿠락트를 스캔하자 과거에는 몰랐었던 힘이 느껴졌다. 특수 스킬들의 쿨타임을 무시하고 왔었다면 백이면 백, 또 죽었을 것이다. 저놈은 데이로스보다도 강했다.

"놀라워. 그때와는 비교도 못할 만큼 강해졌어."

"칭찬은 듣고 싶지 않아."

"하나, 변하는 건 없다. 나는 느낄 수 있다. 힘들겠지만, 그때와 마찬가지로 내가 이길 거라는 것을 말이야. 못 믿겠다면… 잠시 증거를 보여주도록 하지. 잘 봐라."

찌어어엉!

언월도를 든 아쿠락트가 자세를 취했다.

천지가 뒤흔들리며 살을 벨 듯 날카로운 기파가 폭발하더니 바하무트를 향해 줄기줄기 뿜어져 나갔다.

우웅!

바하무트가 용투기를 전개했다. 동그란 보호막이 생성되며 아쿠락트의 기운을 막아냈다.

"그대와 처음 싸웠을 때는 50%의 힘이었다. 지금은 70%다. 어떤가? 내 말이 거짓으로 들리나?"

"…지금 뭐 하자는 거야?"

380레벨 중앙의 지배자.

언월도의 달인 대족장 아쿠락트.

가뜩이나 괴물 같은 놈의 레벨이 올라갔다. 용투기로 능력치를 증가시켜도 지금의 힘을 감당하는 게 전부겠다. 염왕대접신을 사용해도 10분이 지나면 풀려 버린다. 애초부터 편법으로 끌어 올린 힘과 본인 스스로 갈고닦은 힘은 차원이 달랐다.

'그럼, 100%를 사용하면 레벨이 대체 몇이야?'

운이 좋아도 399는 찍을 테고 재수가 없으면 400을 넘어갈 가능성도 배제할 수 없었다. 아쿠락트의 말마따나 이기지 못할 싸움이었다.

'다른 곳 찾아야 되나?'

족장의 창을 얻으려면 라미아 군락을 찾으면 된다. 꼭 이곳이 아니라도 퀘스트를 완료할 수 있었다. 생각해 보니, 절망의 평원에서 수행하고 자신이 도와준다면 아쿠락트가 나타날 수도 있다고 했었다. 괜스레 끼어들어서 난이도만 높아지게 만들었다.

"그나저나 궁금하군. 대체 왜 그렇게 나와 싸우려고 하는 거지? 목적이 무엇인가?"

"창이 필요해."

이제는 그냥 막장이었다. 바하무트는 아쿠락트가 알아들을 수 있도록 풀어 설명했다. 누군가에게 족장의 부러진 창을 가져가면 큰 보상을 얻을 수 있다는 식으로 말이다.

"그 말은, 나를 받드는 사대족장을 죽이고 창을 빼앗아가겠다는 말인가?"

"응?"

바하무트가 고개를 갸웃거렸다.

죽이고 빼앗아간다고? 꼭 죽어야 하나? 이건 물어본 적이 없어서 모르겠다. 지금까지는 당연히 죽여야 한다고만 생각했다. 몬스터와의 흥정은 듣도 보도 못 했다.

[슈타이너, 창을 죽이고 빼앗아야 해?]

[…그건 잘 모르겠는데요? 죽이라는 말은 안 써져 있어요. 창을 가져오기만 하래요.]

설마 했다. 죽이고 빼앗는 게 정상이었다. 그렇기에 아무의심 없이 미친 듯이 싸웠던 것이다. 이제 와서 장난질을 치면

금명룡장 리베로스 놈을 두드려 팰 수도 있었다.

"창을 잠시 빌려줄 수 있겠나?"

"전투를 중지하겠다면 빌려주지."

파팟!

바하무트가 본체를 해제하고 폭룡무군을 역소환시켰다. 죽여야만 완료된다면 그때 가서 죽여도 된다. 몬스터라서 꺼릴 게 없었다. 그의 행동에 일행이 당황했다. 저러다가 기습을 받는다면 일격에 죽는다. 아쿠락트의 공격력이라면 충분히 가능했다.

스르르륵.

바하무트가 아쿠락트의 정면으로 내려왔다.

본체일 때는 그의 허리춤에 오던 놈이 인간이 되니 반대의 상황이 돼버렸다. 여성체 몬스터답지 않게 전신이 두꺼운 근육으로 가득 찼다. 어딜 봐도 강해 보일 뿐이었다.

[슈타이너, 나와.]

숲 속에 숨어 있던 슈타이너와 브레인이 조심스레 빠져나왔다. 둘은 아쿠락트의 눈치 살피기에 급급했다. 다행히도 아쿠락트는 일행을 공격하는 대신에 약속을 지켰다.

"카쿤! 창을 빌려다오."

"예! 대족장! 여기 있습니다!"

카쿤은 동쪽의 수호자였다. 창은 아쿠락트와 바하무트를 거쳐 슈타이너에게로 전달됐다.

띠딩!

창은 받자마자 슈타이너 본인만이 알 수 있는 변화가 생겨났다. 정말이지 생각지도 못했던 일이라서 황당하기까지 했다. 옆에서 지켜보던 이들이 슈타이너의 입이 떨어지기를 기다렸다. 성공이면 성공이고 실패면 실패라고 빨리 말해줬으면 싶었다.

"어어……."

"어때? 성공이야? 실패야?"

바하무트가 대답을 재촉했다. 평소에는 주저리주저리 잘만 떠들던 놈이 벙어리처럼 말을 아꼈다. 사람은 한결같아야 했다. 아무래도 슈타이너는 사람이 아닌가 보다.

"형……."

"응, 말해봐."

드디어 슈타이너의 입이 열렸다. 다음 단어가 나오는 순간, 성공과 실패 여부가 결정될 것이다.

*　　　*　　　*

띠딩!

대족장 아쿠락트를 받드는 동쪽의 수호자 카쿤의 창을 획득하셨습니다.

3차 전직 퀘스트의 세 번째, 라미아의 부러진 창을 완료함으로써 모든 퀘스트를 완료하셨습니다. 드래드누스에서 금명룡장 리베로스가 찾습니다. 그를 찾아가십시오.

"아하하하!"

"축하한다."

"슈타이너 님! 축하해요!"

슈타이너가 기뻐했다. 문득, 창술의 대가에 쏟은 노력이 주마등처럼 지나갔다. 한 방에 끝낸 바하무트와는 달리 반년에 가까운 시간을 투자하고서야 겨우겨우 이뤄냈다. 그마저도 많은 도움을 받았지만 무언가 막혔다가 뚫린 듯 개운하기 그지없었다.

"형과 브레인 님 덕분이에요!"

진심이었다. 둘이 없었다면 지금보다 심한 온갖 개고생을 겪고서야 완료했을 것이다.

"나와 이사벨라 님 다음인가?"

"엥? 이사벨라 님 3차 전직했어요? 형한테 했다고 연락 왔어요? 나한테는 안 왔는데…….."

도리도리.

바하무트가 부정했다. 그도 이사벨라와 연락하지 않은 지 한참이었다. 딱히 해야 할 필요성을 못 느껴서다. 솔직히 말하면 싸우자고 덤빌까 봐 무섭다는 이유가 크게 한몫했다. 슈타이너에게도 먼저 오지 않는다면 하지 말라고 신신당부를 해 놨다.

"너도 한 걸 그녀라고 못 했을까? 이만한 기간이면 하고도 남았을 거다. 정말 못 했다면 도와달라는 메시지라도 남겼겠지? 없는 걸 보면 사냥에 열중하고 있다는 증거야."

"맞는 말이기는 하네요."

슈타이너가 순순히 인정했다. 소드 퀸 이사벨라는 바하무트에 버금가는 최고의 유저였다.

"이사벨라라는 분이 혹시… 소드 퀸인가요?"

"네, 브레인 님 죽은 자들의 왕국 퀘스트 아시죠? 거기에 관해서 글도 올리셨잖아요."

"아! 알고 있습니다. 그게 왜요?"

"아달델칸 죽인 유저가 저희와 이사벨라 님이에요."

"에엑?"

브레인이 놀랐는지 눈을 동그랗게 떴다. 슈타이너가 살짝 웃으면서 말을 이어나갔다.

"지금이야 쉽게 잡겠지만, 그 당시의 아달델칸은 그야말로 괴물이었어요. 형과 이사벨라 님이 합공을 하고도 패배했죠. 제가 숨어 있다가 뒤치기 안 했으면 다 죽었을걸요? 그 일을 계기로 형은 3차 전직을 했고 이사벨라 님하고도 친분을 쌓았어요."

"그런 일이……."

브레인이 말끝을 흐리면서 바하무트를 쳐다봤다. 정말이지 보면 볼수록 대단한 유저였다. 포가튼 사가의 모든 고난이도 퀘스트를 그 혼자 해결한다는 착각마저 들었다.

"아차! 저 3차 전직부터 하고 올게요."

"기다려라."

슈타이너가 인벤토리에서 텔레포트 스크롤을 빼내었다. 그에 상황을 지켜보던 아쿠락트가 그의 행동을 제지했다. 살기가 느껴지지는 않았다. 그냥 제지했을 뿐이었다.

"창을 빌려줬으니 다시 내놔라. 어딜 가려는 건가?"

"헉! 창을 달라고?"

슈타이너가 기겁하며 창을 등 뒤로 숨겼다. 이걸 줘버리면 전직이 물 건너간다. 도로 아미타불이었다.

스슥.

바하무트가 둘 사이를 가로막았다. 싸우려는 게 아니었다. 아쿠락트와 대화를 하려는 것이었다.

"꼭 필요해서 그러는데 창을 줄 수 없을까?"

"전사에게 무기는 생명과도 같다. 무기가 없는 전사는 전사가 아니다. 라미아 일족은 죽어서도 무기를 떼어놓지 않는다. 그러니 돌려다오. 안 그러면 강제로 뺏겠다."

"교환은 어떠신가요?"

"인간, 무슨 말이냐?"

"무기가 생명과도 같다면 그냥 줄 수는 없겠지요. 그러나 저 창은 저희에게 꼭 필요한 물건입니다. 만약 주신다면 마음에 드실 만한 새로운 창으로 교환해 드리겠습니다."

"새로운 창?"

말을 들은 아쿠락트가 슈타이너의 손에 잡혀 있는 독사왕의 이빨을 훑어봤다. 현재 사용하고 있는 언월도와 비교하면 약간 떨어졌지만, 꽤 익숙한 기운이 느껴졌다.

"히드라의 이빨을 주겠다는 건가?"

"이 창을 알아?"

슈타이너가 되물었다. 아쿠락트가 고개를 끄덕였다. 알다 뿐인가? 히드라와 싸워보기까지 했다.

"창을 안다기보다는 어떤 생물의 이빨인지를 안다는 표현이 적절하겠군. 이곳에서 동남쪽으로 300킬로미터 정도를 내려가면 세 마리의 성체 히드라가 사는 늪지대가 나타난다. 한 마리라면 충분히 이기겠지만, 동시에 달려들면 목숨을 걸어야 한다. 굳이 그렇게까지 싸울 필요는 없었기에 내가 피했다."

"아하!"

"그 창을 준다면 교환에 응하도록 하겠다."

"장난해?"

슈타이너의 말투가 날카로워졌다. 독사왕의 이빨은 히어로, 카쿤의 창은 유니크였다. 세상에, 히어로와 유니크를 바꾸자니, 유저였다면 미친놈으로 치부됐을 것이다.

"아쿠락트, 너 정도 되는 존재가 창의 가치를 몰라볼 리가 없을 텐데?"

"그렇다면 저 창 말고 다른 창이 있는가? 있다면 가치를 판단한 후에 교환 여부를 결정하겠다."

바하무트와 아쿠락트가 창을 거론하며 대화할 때, 슈타이너는 천당과 지옥을 오갔다.

한마디로 똥줄이 탔다. 창을 뺏긴다면 도망치거나 족장을 죽여야 했다. 그런데 이곳은 적진의 한복판이었다. 순식간에 휩쓸릴 것이다. 또한 독사왕의 이빨을 끝까지 고수하면 그것도 문제가 된다. 이건 3차 전직을 하고서도 두고두고 써먹을 무기였다.

"슈타이너, 신속의 창 꺼내봐."

"윽! 이 녀석도 아까운데……."

스르르릉.

슈타이너가 신속의 창을 꺼냈다. 독사왕의 이빨을 얻기 전까지 사용했던 민첩 특화의 고속 창이었다. 기타 능력치는 뒤처질지 몰라도 민첩과 특수능력만큼은 발군이었다.

"이건 신속의 창이라고 한다. 이만하면 대충 균형이 맞을 듯한데, 어때? 괜찮겠지?"

"흐음!"

아쿠라트가 신속의 창을 관찰했다.

바하무트의 말마따나 괜찮은 창이었다. 라미아 일족은 용족의 나가와 비슷하게 속도전을 즐긴다. 그건 카쿤도 마찬가지였다. 눈치를 보아하니 그리 싫은 기색은 아니었다.

"카쿤, 어떤가?"

"단순히 무기 교환뿐 아니라 용족과의 전쟁을 피할 여지도보입니다. 응하도록 하겠습니다."

"받아."

피잉!

퍼퍼퍼펑!

바하무트가 카쿤에게로 창을 던졌다. 카쿤은 창을 받아 들어 이리저리 휘둘렀다. 공기가 꿰뚫리며 흐릿한 잔상만이 남았다. 카쿤이 흡족한 표정을 지었다. 그는 다른 족장들에 비해 근력은 뛰어나도 속도가 부족했다. 이 창이면 그 차이를 메꿔 줄 수 있었다.

"이제 대군락을 찾아와서 난리 피울 일은 없겠지?"

"아마도? 알다시피 우리에게 어떤 상황이 부여될지 모르기에 확답을 주진 못하겠다."

"질문을 바꾸지. 당장의 볼일은 끝난 건가?"

"그건 끝났다."

"끝? 형, 저 먼저 가볼게요!"

"이따 봐."

그 말을 듣자마자 슈타이너가 간단한 인사만을 남기고는 드래드누스로 이동했다. 어지간히도 급했나 보다. 그럴 만도 했다. 3차 전직이 코앞이었다. 초조하고 급할 것이다. 바하무트도 겪어봤었기에 그 심정을 누구보다 잘 알았다. 저리되면 인내심이 사라진다.

"브레인 님, 저희도 돌아가죠."

"알겠습니다."

"다음에 올 때는 손님으로서 대군락의 문을 두드려라. 그리하면 강자에 대한 예의를 지키겠다."

"기회가 된다면 그러도록 하지."

파파파팟!

바하무트와 브레인이 아마란스 영지로 돌아갔다. 슈타이너의 전직을 마무리했다. 남은 일은 메릴 강 건너편을 정벌하는 일이었다. 쉽지는 않겠지만, 3차 전직 유저만 두 명이었다. 데이로스 같은 놈이 있대도 합공을 한다면 승리는 아군의 차지였다.

"묘해, 묘해."

입자 단위로 증발하는 빛을 보던 아쿠락트가 되뇌었다. 이상하게도 멀지 않은 미래에 다시 볼 것 같은 예감이 들었다. 좋은 일인지 나쁜 일인지는 알 수 없었지만 말이다.

*   *   *

히쭉히쭉!

슈타이너는 싱글벙글 휘파람을 불었다. 진룡인 컴플리트 골든 나가에서 고룡인 에이션트 골든 나가로 진화했다.

바하무트가 밟았던 절차를 고스란히 밟으면서 본신의 능력이 뻥튀기됐다. 오늘에서야 비로소 3차 전직의 위력을 몸으로 체험한 것이다. 고작 300레벨에 불과했지만 혼자서도 바하무트와 이사벨라를 제외한 대륙십강 전체를 상대할 만큼 강해졌다.

"내 말이 맞지? 너 아직도 3위잖아."

"그러네요. 대체 언제 하신 거지? 성격상 혼자서 깨셨을 텐데… 미스터리야, 미스터리."

바하무트의 예상이 맞아떨어졌다. 슈타이너가 돌아오고 플레이포럼에서 랭킹을 확인했다. 그는 전직 이후에도 여전히 3위였다. 이사벨라의 레벨이 높다는 뜻이었다. 딱 보니 혼자 깼다는 느낌이 다분했다. 어떤 퀘스트였을지는 몰라도 참으로 대단했다.

"전직 소감은?"

"최고예요. 당장에라도 창을 휘둘러서 시험해 보고 싶어요. 힘을 주체하지 못하겠어요."

"실컷 쓰도록 해줄게."

며칠 뒤에 메릴 강을 건넌다. 그리되면 멘티스들을 상대로 새로운 힘을 원없이 쓰게 될 것이다.

"브레인 님은요?"

"잠시 로그아웃하셨어. 곧 들어오실 거야."

한 시간 정도가 지났다. 현실에서의 볼일을 끝낸 브레인이 접속했다. 그는 접속하자마자 아마란스 영지의 병력편제를 설명했다.

그동안 발전의 발전을 거듭했기에 인구가 증가해서 후작의 보유 가능 병력인 2만을 꽉 채웠다. 훈련은 물론이고 무장 상태도 훌륭했다. 달마다 1,000만 골드 이상씩을 투자한 보람이 있었다. 이제는 안정기에 접어들어 그리 많이 투자하지 않아도 된다.

"생각 같아서는 전부 데려가고 싶습니다. 그러나 영지의 치안을 위해서 10%는 남겨둬야 합니다. 고로 18,000명의 병사와 180명의 기사만 출정하게 됩니다. 그중 그랜드 마스터 급 NPC 는 2명입니다. 이만하면 일반 멘티스는 감당해 내고도 남습니다.”

“어디 보자. 다음달 15일까지는 수도로 올라가야 하니… 대충 20일 정도 남았군요.”

“메릴 강 건너편은 아마란스 영지의 4배에 달합니다. 워낙에 넓어서 제때 목표를 이룬다고 장담치는 못하겠습니다. 하다가 안 되면 잠시 미루는 것도 괜찮다고 봅니다.”

“그러도록 하죠.”

포탈이라는 위대한 발명품이 있는 한 미리 출발할 필요는 없다. 당일 날 출발해도 늦지 않는다. 바하무트는 메릴 강 정벌에 실패하면 무리하지 않고 후퇴할 생각이었다. 땅이 도망가는 것도 아니고 시기가 조금 늦춰질 뿐이었다. 나중에 해도 충분했다.

“제 영지 병력도 데려갈까요?”

슈타이너의 충격 발언에 바하무트와 브레인이 입을 벌렸다. 그의 병사들은 레벨과 훈련, 무장 등이 최악이었다. 전혀 신경 쓰지 않은 대가였다.

숫자도 300명에 불과했다. 아마란스 영지의 병사 수십 명만으로도 전부를 쓸어버릴 만큼 약해빠졌다. 데려간다면 병사로서의 용도보다는 짐꾼으로의 용도가 효율적일 것이다.

“슈타이너 님.”

"네?"

"농담이라고 믿을게요."

"네……."

슈타이너도 본인 영지 소속 병사가 형편없다는 사실을 부정하지 않았다. 인정할 건 인정하는 남자였다. 그냥 혹시나 하고 말해봤는데 역시나였다.

스윽.

세 명이 책상에 지도를 펼쳐두고 메릴 강 정벌에 관해서 계속해서 대화를 나눴다.

실제 전쟁처럼 자세하게 계획을 짜는 건 아니었다. 대략적인 일정과 여러 경우의 수 정도에서 그쳤다. 그나마 브레인의 주도하에 바하무트가 간간히 대답해 줬고 슈타이너는 하품만 찍찍 해대며 이웃집 불구경하듯 딴청을 피웠다.

"좋습니다. 출발은 이틀 뒤로 하겠습니다."

"저는 제때 출발할 수 있도록 병력 동원령을 선포하고 군수물자를 준비해 두겠습니다. 수고하셨습니다."

"형, 전 몸 좀 풀고 올게요."

회의가 끝나면서 세 명이 한마디씩 하고는 제각각 흩어졌다. 그래 봐야 다시 모일 것이기에 서로 그러려니 했다.

이틀은 빠르게 지나갔다. 그리고 출정의 날이 밝아왔다.

33장
메릴 강 건너편

주변 경관과 어우러지는 자연의 모습이 아름답기 그지없다.

특히 부드러운 여인의 머리카락처럼 유유히 흘러 내려가는 메릴 강은 푸른 보석 그 자체였다. 찰랑이는 물결이 햇살에 반사되며 반짝거리는 빛을 사방으로 내뿜었다. 맑디맑은 물의 선명도는 수미터 깊이에서 헤엄치는 송사리도 눈에 띄게 만들었다.

쿵!

갑작스레 울리는 진동에 송사리들이 흩어졌다.

시간이 지날수록 진동이 커지면서 메릴 강의 겉 표면에 자그마한 동심원들이 생겨났다.

쿵쿵!

진동의 근원지로 따라가니 족히 만 단위를 넘어서는 군단이 진군하는 중이었다. 하나같이 잘 제련된 철제 갑옷을 착용한 정예 병사였다.

궁병, 창병, 보급병, 경장보병, 중장보병, 기사 등, 수많은 병과의 병사가 무리 지어 이동했다. 전쟁의 필수 병과인 기병은 방해라는 이유로 출정에서 배제시켰다. 메릴 강 건너편에 펼쳐지는 사마귀 숲은 말을 타고 활동하기에는 최악의 환경이었다.

멈칫!

"영주님! 목조선이 보입니다!"

이제는 마스터가 된 붉은 영혼 기사단장이 큰 목소리로 외쳤다. 바하무트가 고개를 끄덕이며 명령했다.

"승선한다."

"승선하라!"

군단 전체가 메릴 강 인근에 정박해 있는 수십 척의 목조선에 올라탔다. 바하무트가 영지의 재정으로 건조한 수송용 목조선이었다. 크기를 부풀려서 개량했기에 한 번에 많은 인원이 승선할 수 있었다.

어쩔 수 없었다. 메릴 강을 건너려면 배가 필요했다. 육지와 육지 사이의 거리가 상당했다. 무거운 갑옷과 온갖 군수물자를 짊어진 병사들이 건널 수 있는 거리가 아니었다. 아마란스 영지가 발전하지 않았을 때는 가까운 영지에서 돈을 받고 강을 건너도록 도와줬다. 그것이 유저든 NPC든 간에 말이다.

"슈타이너, 먼저 가서 병사들 좀 지켜줘."

"맡겨두세요."

슈타이너가 자신의 가슴을 두드리며 선두의 목조선으로 향했다. 병사들만 보내기에는 불안했다.

바하무트와 브레인은 마지막에 가려 함이었다. 당장 그럴 리는 없겠지만, 하선하자마자 멘티스들이 튀어나오면 큰 피해를 입을 것이다. 군단 내부에서 실질적인 전력이라 부를 존재는 극소수에 불과했다. 슈타이너라면 어떤 변수에도 대처해주리라 믿었다.

촤륵촤륵!

목조선이 출발했다.

건조된 숫자에 비해 인원이 초과되는 관계로 족히 열댓 번 이상을 왕복해야 했다. 조급해할 필요는 없었다. 왕궁으로 가기까지 시간이 남았기에 여유로운 편이었다. 목조선은 인원을 싣고 나르기를 반복했다. 세 시간쯤 지날 무렵, 바하무트가 승선했다.

"좋은 경치로군."

"그런가요? 저는 고향인 플로리다에 익숙해서인지 감탄스럽다는 감정은 들지 않습니다."

바하무트는 그럴 만도 할 것이라 생각했다. 플로리다의 해변가는 한 폭의 그림을 보는 듯하다. 거기에 익숙해졌다면 메릴 강의 경치에 무감각할지도 모르겠다. 그러나 오염도가 높은 한국에서 이 정도의 경치를 뽐내는 곳을 찾기란 불가능에 가까웠다.

"다 왔군요."

"저 숲입니다. 저 숲에 들어가는 순간부터 최하급 멘티스부터 상급의 나이트까지 출몰합니다."

"흠, 사마귀 숲인가?"

이런저런 대화를 나누니 시간이 빨리 갔다. 어느새 목조선이 정박하려고 속도를 줄여 나갔다.

바하무트의 시야에 녹색 나뭇잎을 품고 하늘 높이 치솟은 나무들이 들어왔다. 울창한 수림 속에 사람보다 거대한 사마귀들이 떼거리로 살아간단다. 사마귀는 최고의 포식자였다. 가상이 아닌 현실이었다면 지금쯤 소름 끼치는 공포를 맛봤을 것이다.

스스스스.

목조선이 멈추면서 천여 명의 병사가 쏟아져 나왔다. 물론 바하무트와 브레인도 포함된 상태였다. 그 모습을 본 슈타이너가 다가왔다. 공격을 받는 등의 일은 없었다.

"이곳에서 10킬로미터만 더 가면 임시 주둔지를 건설하기에 좋은 터가 있습니다. 오늘은 주둔지를 건설하고 주변 일대를 간단하게 수색한 후 마무리하도록 하겠습니다."

"이동하죠."

바하무트가 발을 내디뎠다. 휴식을 취하고 있던 군단이 신속하게 대열을 정비하고는 그를 뒤따랐다. 군단의 도보 속도와 열악한 지형지물의 제지로 출발한 지 네 시간이 지나서야 원하던 목적지에 도착했다. 아직 멘티스들의 습격은커녕, 그림자도 안 보였다.

휘이이잉!

바람 소리가 귀를 간지럽힌다. 브레인의 말마따나 직경 수백 미터의 널찍한 공터 여러 군데가 나타났다. 군단 전체가 묵기에는 부족했지만 틈과 틈 사이로 밀어 넣는다면 가능할 법도 했다. 단점이라면 햇빛이 나무에 차단돼서인지 다소 음산했다.

덜컹덜컹.

웅성웅성.

병사들이 임시 주둔지 건설을 시작했다.

마법 가방에 짊어지고 온 자재들이 속속들이 드러나며 점차 사람이 생활한 만한 환경으로 바뀌었다. 병사들이 머물 단체 막사와 간부들이 머물 개인 막사, 부상자를 치료할 의료 막사와 군수물자들을 보관한 보급소들이 하나둘 제 모습을 갖춰갔다.

"아깝네. 공성병기만 있었다면 완벽했을 텐데."

"어쩌겠습니까? 이런 환경에서의 조종은 불가능합니다. 고집 부렸다면 없느니만 못했겠죠."

공성병기를 못 가져옴에 바하무트가 아쉬워했다.

브레인도 그 점이 아쉬웠지만 금세 털어버렸다. 재료를 가져와서 조립하는 것쯤은 쉬웠다. 문제는 조립하고 사용할 방법이 없다는 것이었다. 사방이 나무와 바위들로 꽉 막혔다. 잘

못 쏘면 그 파편에 아군이 죽어버린다. 포기할 건 포기해야 했다.

"영주님의 막사가 완공되었습니다. 나머지는 저희가 알아서 하겠으니 푹 쉬시지요."

"부탁드리겠습니다."

바하무트의 막사 양옆에는 브레인과 슈타이너의 막사가 붙어 있었다.

일부 중요 지역의 경우에는 200레벨을 넘은 붉은 영혼 기사단장과 부단장이 틀어막았다. 브레인과 슈타이너는 임시 주둔지의 완공을 확인하고서 로그아웃했다. 그들은 NPC가 아니었다. 사람이기에 하루 온종일 게임 속에서 살 수는 없음이었다.

"조치 정도는 취해놔야겠지?"

바하무트가 로그아웃 전에 잠시 자리를 옮겼다.

이곳은 사마귀 숲이었다. 고작 마스터 둘만 믿고 안심하기에는 불안했다.

화르르륵!

바하무트가 폭룡무군 전체를 소환했다.

유지비용만 꼬박꼬박 먹여주면 어디서든 소환이 가능했다. 기본적인 명령은 군단의 눈에 띄지 않는 먼 곳에 자리 잡고 다가오는 몬스터를 말살하는 것으로 지정했다.

폭룡무군은 이번 정벌전의 열쇠를 쥔 핵심이었다. 몇 마리일지도 모르는 멘티스를 군단만으로 상대하는 건 무리였다. 바하무트 본인은 멘티스의 우두머리를 상대하고 슈타이너는 만약을 대비한다. 피해를 줄이려면 가진 바를 최대한으로 활용해야 했다.

파아아앙!

열 명의 부대장을 주축으로 한 열 개의 부대가 각기 다른 방향으로 흩어졌다. 이만하면 안심할 수 있다. 절망 등급의 몬스터만 없다면 폭룡무군의 보호를 뚫지 못한다.

"내일부터 시작."

바하무트마저 로그아웃하며 침묵해 버린 숲이 그가 사라졌음을 알려줬다.

*　　*　　*

쉬익쉬익!

뾰족한 가시가 다닥다닥 박힌 다리가 보인다. 그 다리를 기준으로 머리까지의 높이가 사람의 두 배였다.

대략 3미터 정도라고 보면 된다. 곤충의 특성상 육체가 단단한 껍질에 둘러싸여 있었으며 미세한 움직임도 포착하는 겹눈 속에 금발을 지닌 슈타이너가 가득 차 있었다.

흔들흔들.

다리를 중심으로 육체가 흔들리며 날카로운 낫처럼 생긴 멘티스의 양손이 왔다 갔다 했다. 마치 공격할 기회를 엿보고 있는 노련한 유저처럼 보였다. 흥분한 기색도, 조급해하는 기색도 없었다. 슈타이너는 멘티스 나이트의 행동을 유심히 관찰했다.

"널 보니 당랑권이 생각난다. 잔챙이들은 죄다 죽었고 혼자 남았네? 너도 그만 따라가야지?"

스악!

피피피핑!

슈타이너를 두 동강 내버릴 기세를 내포한 멘티스 나이트의 낫이 다가왔다. 부대를 이끄는 우두머리다운 공격이었다. 그의 동체시력으로 봐도 그리 느리지만은 않았다.

낫에는 흐릿한 오러마저 스며들어 있었다. 정말이지 가지가지 했다. 며칠 동안 멘티스들을 상대하면서 느꼈다. 이놈들은 체력과 방어력이 형편없는 대신, 공격력 하나만큼은 무지막지했다. 동 레벨에서 공격을 허용했다면 팔다리가 잘려 나갔을 것이다.

까닥까닥.

슈타이너가 제자리에 박친 채로 고개만 젖혀 공격을 피해냈다. 여기에서 멘티스의 무서움이 다시 한 번 드러났다. 철저하게 몸의 윗부분을 노렸다. 모가지를 잘라서 일격에 숨통을 끊으려는 속셈이었다. 생명체의 공통된 급소를 인지하고 있다는 증거였다.

"몬스터 주제에 왜 이렇게 침착해? 안 맞으면 화나서 미쳐 날뛰어야 하지 않냐? 징그럽다, 진짜."

쩌쩡!

한마디 내뱉은 슈타이너가 창을 휘둘러 양옆에서 날아오는 낫을 동시에 튕겨냈다. 충격에 밀린 멘티스 나이트의 양팔이 강제로 벌려지며 가슴 부분이 무방비로 노출됐다.

"잘 가."

"끼이이익!"

퍼엉!

단말마의 비명을 내지른 멘티스 나이트의 가슴이 꿰뚫렸다.

말이 가슴이지 구멍의 크기가 워낙에 커서 목 부분이 통째로 뜯겨졌다. 어쨌거나 죽기는 죽었다.

"후아!"

숨을 내쉰 슈타이너가 주변을 둘러봤다. 이곳저곳에 피를 줄줄이 흘리는 멘티스 시체가 널브러져 있었다. 몬스터를 잡으면 시체는 저절로 사라진다. 단, 루팅을 해서 아이템을 주웠을 때에만 해당한다. 시체가 남아 있다함은 아직 루팅을 하지 않았다는 뜻이었다.

"이런 놈 수천 마리가 부대 이끌고 습격하면 난장판이 되겠는데? 제너럴은 200레벨이 넘는댔나?"

슈타이너 본인에게는 별것 아니었지만, 일반 병사들, 아니, 기사들에게도 멘티스 나이트는 벅찼다.

최고 수준의 장비로 무장하고 혹독한 훈련을 거쳤음에도 승리를 장담하지 못하겠다. 패턴 자체가 상대하기 까다로웠다. 멘티스 워리어와 나이트의 수준 차이가 악몽 등급인 제너럴에게도 적용된다면 마스터들도 발이 묶일 것이다. 그 정도로 대단했다.

슥슥.

시체들을 뒤적이며 아이템을 루팅했다.

멘티스 시체가 하나둘씩 없어졌다. 첫날 임시 주둔지를 완
공하고 둘째 날부터 본격적인 수색에 들어갔다. 멘티스들은
굳이 찾지 않아도 알아서들 기어 나왔다.

눈에 보이는 족족 쳐 죽였다. 그러면서 조금씩 활동 범위를
넓혀 나갔다. 솔직히 쓸데없는 소모전일 뿐이었다. 우두머리
를 잡고 그 종족의 반을 없애야 영토가 유저에게 귀속된다. 그
렇기에 어디선가 멘티스 종족 전체를 다스리는 지배자를 죽여
야 했다.

"에구, 찾는 건 브레인 님이 해주시겠지. 나는 그냥 창만 휘
둘러 주면 되는 거니까."

슈타이너가 머리를 긁적였다. 복잡한 것은 질색이었다.

브레인은 정벌전의 참모이자 길잡이였다. 각자에게 부여된
임무가 있듯, 그에게도 멘티스들의 서식처를 찾아내야 할 임
무가 있었다. 그것만 해주면 나머지는 자신들의 몫이었다.

[슈타이너, 어디야?]

[심심해서 앞으로 좀 나가봤어요. 나이트가 이끄는 300마리
규모의 부대 하나를 덤으로 전멸시켰고요.]

바하무트에게서 파티 음성이 날아왔다. 슈타이너는 조금 전
자신이 행한 일을 고스란히 보고했다. 자랑이 아니었다. 현재
무엇을 하고 있는가를 알려주는 것이었다.

[브레인 님이 2,000마리 규모의 멘티스 서식처 하나를 찾아

내셨어. 30분 뒤에 칠 거야. 올 수 있어?]

　[오늘은 형 혼자 해야 될 것 같아요. 저녁에 상희하고 백화점
가기로 했거든요.]

　[그래? 알았다. 그럼 내일 봐.]

　[네.]

　슈타이너는 선약이 있었다.

　예전에는 돈 버는 데 많은 시간을 투자했다.

　그러나 여행을 다녀온 뒤로는 조금씩 가족에게 할애하는 시
간이 많아졌다. 오늘도 그러했다. 동생하고 백화점에 가서 쇼
핑하기로 했다. 2,000마리 규모쯤이면 바하무트 혼자서도 전
멸시킨다. 약속을 취소할 생각은 없지만 취소할 필요도 없었
다.

　"뭘 사줄까?"

　벌써부터 전상희의 선물 목록을 머릿속에 입력했다.

　게임보다 소중한 건 가족이었다. 이제는 생활도 많이 안정
됐기에 과거에는 못 했던 일들을 해보려 한다.

＊　　　＊　　　＊

　"보기 좋네."

　바하무트가 파티 음성을 종료했다.

　슈타이너는 돈을 벌기 위해 게임에 미쳐 살았었다. 현실에
할애하는 시간이 길어졌다는 것은 환영할 만한 일이었다. 이

러다가 게임을 접는대도 반대하지 않을 것이다.

"슈타이너 님은 못 오시나 보네요."

"약속이 있다고 했으니 존중해 주려고 합니다. 녀석이 변해가고 있다는 증거거든요."

브레인도 바하무트의 파티 소속이었다. 당연히 둘의 대화를 들을 수 있었다. 그가 슈타이너에 대해 아는 건 단편적이었다. 바하무트처럼 세세하게 알지는 못했다.

"녀석이 게임을 왜 시작했는지 아십니까? 어머니 고생 덜어드리고 동생 학비 대겠다는 거였습니다. 첫 유니크 아이템 먹었을 때도 팔아서 빚을 갚았습니다. 그러다가 대륙십강에 들고 나서는 돈을 많이 벌어 한국에서 유명한 최고급 아파트를 구매했죠."

"그렇군요."

바하무트는 브레인이 알아듣기 편하도록 간략하게 설명해줬다. 브레인은 알겠다는 듯 고개를 끄덕였다.

그가 관찰했던 슈타이너는 돈에 집착하는 경향을 보였다. 줍지 않아도 될 잡템들도 특별한 일이 없다면 웬만해서는 주웠다. 왜 그러는지 의아했었는데 의문이 풀렸다.

"저만한 규모의 서식처는 저 혼자로도 충분합니다. 숫자가 많을 뿐, 다른 건 별 볼 일 없으니까요."

바하무트가 아래쪽을 쳐다봤다. 깊게 파인 골짜기가 한눈에 들어왔다. 크기가 임시 주둔지의 몇 배를 넘어섰다. 그 내부에 멘티스들이 우글거렸다. 브레인의 지역탐색 결과, 숫자는

1,900~2,200마리 사이였다. 저 정도면 제너럴 두 마리는 있을 것이다.

"병사들을 활용하지 않을 생각이십니까?"

"저기에 밀어 넣는다면 많은 수가 죽을 겁니다. 그렇다고 아예 방치해 둘 생각은 없습니다."

희생은 최대한으로 막겠지만, 앞으로도 지속적인 정벌전을 치르려면 경험이 필요했다. 바하무트는 자신이 먼저 골짜기에 뛰어내려 불바다로 만들려고 했다.

그리되면 다 죽어가는 멘티스들이 바깥으로 튀어나오는 것은 정해진 수순이었다. 그런 식으로라도 전투를 겪다 보면 도움이 된다. 초반부터 병력을 소모할 수는 없었다.

"음… 주둔지를 지킬 병력과 수색 병력을 제외한 나머지를 이곳으로 집결시키겠습니다. 금방 다녀오겠습니다."

"정각에 치겠습니다."

브레인이 주둔지로 돌아갔다. 거리가 꽤 떨어졌기에 이곳으로 데려오려면 시간이 걸린다. 바하무트가 인터넷 시계를 보며 시간을 확인했다 현재 시각은 5시 30분. 정각까지는 30분이 남았다.

눈 깜짝할 사이, 정해놨던 시간이 금세 다가왔다.

스윽.

우두두둑.

바하무트가 자리에서 일어서며 몸을 풀었다. 높게 솟은 나무 위에 올라가 있었기에 그 모습이 사뭇 위태위태했다. 물론 모습만 위태했을 뿐이었다. 실제로는 무의미했다.

"병사들 때문에 죽이는 건 자제해야 하고 폭발시키는 것보다는 자르는 게 낫겠지?"

펄럭.

붉은 날개가 펼쳐지며 느린 속도로 내려갔다. 너무나도 여유로워서 하품이 나올 지경이었다. 점차 거리가 가까워질수록 그를 발견하는 멘티스의 숫자도 늘어갔다.

키익키익!

스스스슥.

탁.

바하무트가 날개를 접고 멘티스들의 중심에 안착했다.

멘티스들은 그가 땅에 안착하자마자 주변을 겹겹이 둘러쌌다. 빠져나갈 틈 따위는 없었다.

"그럼……."

화르르륵!

바하무트의 육체가 활활 타올랐다. 약한 놈들이었다. 힘 조절, 힘 조절을 해야 했다.

*　　　*　　　*

폭화 언령술 : 이 조합 스킬.

날카로울 예(銳), 불 화(火).

예화(銳火) : 날카로운 불꽃.

키에에엑!

스거거걱!

멘티스들이 고통에 울부짖었다.

바하무트의 팔이 닿을 때마다 팔다리 중 하나가 잘려 나갔다. 재수 없는 놈들은 둘 다 잘렸다. 목이나 몸통을 자르지 않는다면 죽지 않았기에 손속에 사정을 두지 않았다.

"타는 냄새."

흔들흔들.

바하무트가 손을 코에 갖다 대고 계속해서 휘저었다. 매캐한 냄새가 골짜기를 가득 채웠다. 달려드는 멘티스의 공격에 맞춰서 예화를 뿌려주면 알아서들 나가떨어졌다.

키악!

캬악!

"제너럴이로군."

파팟!

멘티스 나이트보다 머리 두세 개는 큰 제너럴 두 마리가 바하무트의 양옆으로 쇄도했다. 집채만 한 덩치와 어울리지 않게 무척이나 재빨랐다. 거대한 낫이 휘둘러지며 섬뜩한 소리가 들려왔다. 풍압이 느껴지는 게 제법 위험해 보임에도 바하무트는 느긋하게 대처했다.

"맞아봐야지."

스거거걱!

기회를 포착한 제너럴들의 공격이 미친 듯이 이어졌다.

바하무트는 반격하지 않고 고스란히 맞아줬다. 얼마만큼의 데미지가 들어오는지가 궁금해서였다. 낫이 긁고 지나간 자리에 가느다란 실선이 생겼다가 사라지기를 반복했다. 평범한 유저 같았으면 지금쯤 육체가 수십 조각으로 토막 났을 것이다.

"이야? 괜찮은데?"

상당한 공격력, 진심으로 감탄했다.

방당 수십에 불과했지만 본인의 방어력을 떠올리면 수십이라도 박히는 게 용했다. 비록 반쪽짜리라도 겁화의 위엄은 레전드 등급의 아이템이었다. 이를 토대로 계산했을 때 슈타이너라면 백은 박힐 것이고 브레인이라면 몇 방 내로 강제로그아웃당한다.

"제너럴에게는 병사나 기사 붙이면 안 되겠다. 단장들하고 슈타이너에게 맡겨야지."

억지로 붙였다간 썩은 나무토막처럼 쓸려 나가겠다.

이런 놈들이 수백 마리라면 전력에서 밀린다. 그럼에도 폭룡무군을 소환하면 되기에 안심했다.

[바하무트 님, 거의 도착했습니다. 일단 도망치지 못하도록 주변을 포위하겠습니다.]

[알겠습니다. 잠시만 기다려 주세요.]

바하무트가 큰 기술을 준비했다. 브레인이 병력을 이끌고 근처에 왔다. 제너럴은 그냥 죽으려고 한다. 무리해서 병사들로 상대하려다가는 경험을 쌓기도 전에 죽는다.

    폭화 언령술 : 사 조합 스킬.
    미칠 광(狂), 불꽃 화(火), 용 룡(龍), 울부짖을 후(吼).
    광화룡후(火龍狂吼) : 미친 화룡의 울부짖음.

크허허헝!
    광화룡후가 폭발하며 어마어마한 폭음이 골짜기를 후려쳤다. 사방이 막혔기에 그 효과가 더욱 크게 작용했다.
    멀리 떨어져 있던 멘티스들이 죽고, 기절하는 등 다양한 현상을 내보였다. 정면에서 적중당한 제너럴 두 마리는 바하무트에게서 뿜어진 끔찍한 열기에 시커멓게 타버렸다.
    키이…….
    죽지는 않았는지 미약한 신음 소리를 뱉어냈다.
    끝이었다. 만신창이가 된 몸뚱이로는 바하무트의 공격을 못 버틴다. 조용히 죽어주면 된다.
    퍼퍽!
    딱히 예비 동작은 없었다. 그냥 간단하게 주먹을 휘둘렀다.
    230레벨의 멘티스 제너럴은 그렇게 아이템을 떨구고는 사라졌다. 다행히도 거지는 아니었다.
    키에에엑!
    제너럴의 죽음을 목격한 멘티스들이 골짜기를 벗어나려고 발악했다.

잘린 팔다리를 허우적대는 게 안쓰러웠다. 모든 생명체는 공통적으로 죽음을 두려워한다. 멘티스라고 다를 리가 없었다. 상황을 마무리한 바하무트가 브레인에게 신호했다.

[됐습니다.]

[수고하셨습니다.]

"쳐라! 멘티스들을 죽여라!"

"와아아아!"

멀리서 브레인의 공격 명령이 내려졌다. 함성 소리와 함께 수천의 병력이 멘티스들을 향해 달려들었다.

멘티스들은 도망치려다가 달려오는 병사들에게 밀려 골짜기 아래로 굴러떨어졌다. 병사들은 여러 명이서 한 마리 한 마리 침착하게 상대했다. 멘티스가 대부분 죽기 일보 직전이라 그리 어렵지는 않았다. 다들 맛이 가서 제 몸 하나 가누지 못하고 휘청거리기 바빴다.

푹푹!

창병이 기다란 창으로 다리가 잘린 멘티스의 뒤로 돌아갔다. 그리고는 등을 잔인하게 후벼팠다. 대부분이 그러했다.

정면에서 대놓고 공격하는 병사들은 없었다. 그들도 생각이란 게 존재했다. 저 칼날 같은 낫에 걸린다면 두 쪽으로 나눠질 것이다. 현실이나 가상이나 목숨은 하나였다.

"잘들 싸우는군요."

"저희 영지에서 가장 막대한 예산을 차지하는 부분이 군 관련입니다. 투자 대비 효율이 없다면 누가 병사들을 양성하겠습니까? 이쯤은 해줘야 하는 게 당연한 겁니다."

병사들의 양성과 유지, 보급은 아마란스 영지 전체 예산의 반을 차지한다. 바하무트가 판을 크게 벌인 탓이 크지만 과연, 돈 먹는 하마다웠다.

유저들이 영지 발전에서 왜 군 관련을 신경 쓰기 꺼려 하는지가 여기에서 드러났다. 처음 아마란스 영지의 병사들은 수동적이었다. 그러다가 훈련을 거치면서 점차 능동적으로 변해 갔다. 배운 만큼 그 값을 한다는 뜻이었다. 지금도 제 생각대로 잘 움직여 줬다.

푸푹!

"큭! 죽어라!"

"으윽! 이놈!"

몇몇 병사가 멘티스의 낫에 상처를 입었다.

레벨이 높아져서 일격에 죽거나 하지는 않았다. 부상자들은 신속하게 빠져 신관들의 치료를 받았다. 병사들이 전장의 흐름을 주도했다. 곧 모든 멘티스를 쓰러뜨렸다.

"주변을 정리해라!"

기사들이 바하무트와 브레인을 대신해서 전장을 정리했다.

챙길 것은 챙기고 버릴 것은 버렸다. 굳이 명령하지 않아도 알아서들 척척 잘해냈다.

* * *

아마란스 영지군 총사령관 막사.

이곳에는 이번 정벌전의 핵심인 바하무트 일행이 모여 있었다. 핵심이라 봐야 세 명이 전부였다.

메릴 강을 건너 사마귀 숲에 진입한 지 일주일이 흘렀다. 그동안의 성과와 앞으로의 계획에 관한 회의가 진행되는 중이었다. 이 넓은 범위를 죄다 뒤질 수는 없었다.

"여기부터 여기까지의 수색을 완료했습니다. 야금야금 줄여 나가고는 있어도 멘티스 본진의 병력이 얼마나 될지는 미지수입니다. 지역탐색에 걸리는 서식처에는 제너럴 등급이 우두머리로 있었습니다. 그 이상의 등급은 아직 발견하지 못했습니다."

"흐암! 꼭꼭 숨어 있나 보네."

브레인의 말에 슈타이너가 하품을 했다. 꼭 멘티스들과 숨바꼭질을 하는 기분이었다.

"내가 볼 때는 숨어 있다기보다는 제너럴까지는 외부에 파견하는 지점장의 개념으로 보인다. 그 이상의 등급은 본진에서 생활하는 것 같고."

"저도 바하무트 님의 말씀에 동의합니다. 제너럴의 상위 등급이라 불리는 임페라토르는 외부가 아닌 본진에 있으리라 예상됩니다. 다른 몬스터들도 비슷비슷하고요."

"임페라토르?"

바하무트가 반문했다.

임페라토르를 해석하면 최고사령관, 대장군 등으로 분류된다. 황제의 뜻도 지니지만 포가튼 사가에서는 엠페러를 붙여 주기에 앞서 나열된 두 뜻으로 해석하는 게 옳았다.

"제가 개인적으로 활동하는 정보 단체가 있습니다. 친목 도모 정도라고 보시면 됩니다. 몇 달 전, 저희가 어둠의 미궁에 있을 때 칼베인 쪽에서 비공식 대규모 레이드가 있었다고 합니다. 울프로드와 뇌전의 군주가 직접 정예들을 이끌고 출정했다고 합니다."

"와! 치사한 놈들, 정보 차단시켰네. 형, 연락해서 임페라토르에 관한 정보 좀 알려달라고 할까요?"

슈타이너와 쿠라이가 서로 으르렁대기는 해도 사이가 나쁜 편은 아니었다. 알려달라면 알려줄 것이다. 그러나 그럴 필요가 없었다. 이미 브레인이 알아냈기 때문이었다.

"괜찮습니다. 이미 제가 동료들에게 부탁해서 박박 긁어 왔습니다."

"오! 역시! 브레인 님! 빨라!"

"동영상은 정말 어렵사리 구했습니다. 이걸 구하려고 어둠의 미궁 30층까지의 정보를 넘겨줬습니다."

친목 도모라도 날로 먹을 수는 없다.

오는 게 있으면 가는 것도 있어야 한다. 브레인처럼 정보를 다루는 유저들은 종종 이런 식으로 거래를 했다. 같은 계열에 머무는 이들끼리는 서로 상부상조하자는 차원에서였다.

"동영상을 공유하겠습니다. 일단 시청을 하시고 차후의 설명을 이어가도록 하겠습니다."

"영화다!"

"그래, 영화다."

브레인이 동영상을 재생했다.

슈타이너는 팝콘이 없다는 점에 아쉬움을 느끼면서 바하무트와 동영상에 집중했다.

* * *

후욱후욱!

쿠라이가 가쁜 숨을 몰아쉰다. 당장에라도 쓰러질듯 휘청거리는 육체가 가련해 보였다. 윤기 나던 은빛 갈기가 피에 젖어 진득거렸다. 잔인하게 벌어진 시뻘건 속살이 그로테스크한 분위기를 연출했다. 울프 로드의 모습치고는 믿지 못할 정도로 처참했다.

"쿠라이! 정신 차려!"

스라웬이 다급하게 외쳤다. 그녀의 양손에는 강력한 뇌전 마법이 캐스팅되는 중이었다.

"으으… 제길……."

쿠라이가 신음을 흘리면서 고개를 흔들었다. 엄청난 충격을 연달아 받았다. 그 후유증으로 혼란과 마비에 걸려 술 취한 사람처럼 제 몸을 못 가눴다. 이러다가는 죽는다.

콰드드득!

거대한 무언가가 쿠라이를 후려쳤다. 단 한 방에 3미터의 거구가 땅바닥에 처박혔다. 그것으로도 모자랐는지, 땅바닥에 밀려 나가면서 추가 데미지를 입었다. 가뜩이나 데미지가 누적된 상태에서 맞았기에 혼란과 마비는 정신착란과 전신마비로 바뀌었다.

"여보! 감히!"

콰르르릉!

스라웬의 눈에 노기가 서리며 그녀의 반경 10미터가 푸른 뇌전으로 가득 채워졌다. 그리고는 마치 살아 있는 듯 뇌전이 한곳으로 몰려들어 강력한 뇌기의 정수로 탈바꿈했다.

제우스의 분노 : 첫 번째 심판 : 대낙뢰(大落雷)

콰콰콰쾅!

스라웬이 손을 처올렸다. 하늘 높이 솟구친 대낙뢰가 곡선을 그리면서 초록색의 몬스터를 뒤덮었다. 그 틈에 반죽음 상태의 쿠라이를 마력으로 부축해서 뒤로 물러났다.

스가가각!

"꺄악!"

그랜드 마스터의 소울 블레이드처럼 날카로운 오러의 기운이 얇은 날개를 스쳐 지나갔다. 잘리지는 않았지만 날갯죽지가 찢기면서 스라웬이 땅바닥으로 곤두박질쳤다.

키키키키!

쿵!

초록색 몬스터가 대낙뢰 속에서 빠져나왔다.

군데군데 베이고 그을린 상처에도 행동 자체는 건재했다. 쿠라이의 두 배를 넘어서는 덩치. 스라웬하고는 비교 불가였다. 놈은 무기력한 둘을 보며 뾰족한 이빨을 드러냈다.

"괴물 같은 놈!"

스라웬이 악에 받친 듯 소리쳤다. 처음부터 쿠라이와 둘이 상대한 것은 아니었다. 한 시간 전만도 수백 명의 간부와 함께였다. 그러나 수 미터 길이의 낫에 걸려 모조리 잘려 죽었다. 저걸 봐라. 아직까지 피가 뚝뚝 떨어지는 게 섬뜩하기 그지없었다.

320레벨 교활한 칼날의 주인.

멘티스 임페라토르.

스라웬과 쿠라이는 임페라토르를 칼베인 왕국에 붙어 있는 물결평원에서 사냥하다가 발견했다. 당시에는 둘밖에 없었기에 모습만 확인하고 도망쳤다.

마침 히어로 아이템을 얻으려고 절망 등급 몬스터를 찾는 중이었다. 레벨이 높았지만 발견한 것만도 행운이었다. 입단속을 위해 일반 유저들의 참여를 차단하고 철저히 길드 위주로 원정대를 구성했다. 왕국에도 기부를 하고 마스터NPC 네 명을 빌렸다.

10만의 군단이 완성됐다. 양도 질도 완벽했다. 자신감도 충만했고 가능성도 충분했다. 그렇게 물결평원에 도착했고 흩어진 멘티스들을 죽여 나갔다.

이대로라면 원활한 레이드가 될 것만 같았다. 착각에 불과했다. 며칠이 지나면서 믿지 못할 광경을 목격했다. 멘티스 임페라토르를 중심으로 족히 4~5만 마리가량의 멘티스가 몰려들었다. 이미 칼을 뽑았기에 전쟁을 벌였고 그 결과가 이것이었다.

으아아악!

키에에엑!

사방에서 유저들과 멘티스들의 울부짖음이 들려왔다. 하도 뒤섞여서 뭐가 뭔지도 모르겠다.

[길드장! 밀립니다!]

[밀린다고? 마스터들은? 마스터들은 뭐 하는데?]

[죄다 제너럴에게 발이 묶였습니다. 그마저도 전부 감당 못하는 실정이라 몇 마리는 길드원들 사이를 헤집고 다닙니다! 대책이 시급합니다! 이러다가는 전멸입니다!]

[이익! 후퇴, 후퇴해!]

[알겠습니다!]

스라웬이 이를 악물었다. 승기가 기울었다.

훌륭한 수장이라면 전장의 흐름을 읽고 그에 맞는 조치를 취해야 한다. 억지 부리다간 모두 죽는다.

우드드득!

임페라토르의 육체가 급격하게 부풀었다. 엄밀히 말하면 부푼다기보다 근육을 팽창시킨다는 표현이 어울렸다. 유저들과 비교하면 큰 기술을 준비하는 자세처럼 보였다.

"이, 이런! 쿠라이! 빠져나가야 해!"

"큭! 저 새끼가!"

둘은 기겁했다.

수백 명의 간부를 몰살시킨 기술이 다시금 펼쳐지려 했다. 전투 전의 상태라면 버텼겠지만 과부하에 걸린 상태로는 무리였다. 실제로 저 기술 이후부터 밀리기 시작했다.

키키키키!

파아아앙!

"늦었어."

"언제 299되냐……."

스라웬과 쿠라이가 다가오는 진공파를 감지하며 도주를 포기했다.

피해 반경이 100미터 가까이 되는 기술이었다. 만신창이가 된 몸뚱이로는 피할 수가 없었다.

스거거걱!

파파파팟!

물결 평원이 수백 조각으로 갈라졌다.

끔찍하리만큼 강했다. 기술이 미치는 범위가 잘려 나풀대는 수풀들에 의해 온통 초록빛 세상으로 화했다.

당연하겠지만 내부에 있던 두 부부도 목숨을 부지하지 못했다.

지지지직!

동영상이 흔들렸다. 가까이서 촬영하던 유저가 기술에 맞고 강제 로그아웃되며 생기는 현상이었다.

*　　　*　　　*

깔끔하게 편집된 동영상이 재생을 멈췄다. 바하무트는 깊은 생각에 잠겼고 슈타이너는 독사왕의 이빨을 빙글빙글 돌려댔다. 브레인은 둘의 말문이 트이기를 기다렸다.

"너 저거 한 마리 감당할 수 있겠냐?"

"마지막 기술, 일정 반경 전체를 마구잡이로 베어내는 것 같은데… 천살창혼파라면 해볼 만하겠네요."

슈타이너는 3차 전직을 완료하고 소닉 붐의 오의, 천살창혼파를 자유자재로 펼칠 수 있는 자격을 얻게 됐다. 그렇다고 무한정은 아니었다. 두 방이면 한계에 다다른다.

"나라면 두세 마리는 가능하다. 문제는 임페라토르가 이곳의 지배자라고 생각되지가 않아."

"마찬가지예요. 아쿠락트만 해도 370레벨, 아니, 그놈은 그냥 사기고, 어쨌거나 한 지역을 책임지는 놈이 320레벨일 리가 없어요. 똘마니의 느낌이 다분하네요."

촤륵.

대화를 듣던 브레인이 둘에게 작은 종이 쪼가리를 나눠줬다. 거기에는 고블린, 오크, 놀 등의 계급표가 작성되어 있었다. 공통적으로 부족 단위로 생활하는 몬스터였다.

"이게 뭡니까?"

"다른 부족단위 몬스터를 토대로 만들어봤습니다. 지금까지 발견된 멘티스의 계급은 노멀과 솔저, 워리어, 나이트, 제너럴, 임페라토르의 여섯 종류로 나눠집니다."

"음……."

"몬스터 계급표의 가장 최상위 등급을 읽어보시겠습니까?"

오크로드, 고블린 엠페러, 놀 대군주, 코볼트 킹 외에도 여러 명칭이 나열됐다. 바하무트와 슈타이너가 눈을 뺀득였다.

"눈치채셨겠죠? 한 부족을 책임지는 몬스터에게는 왕의 직책이 허락됩니다. 멘티스 임페라토르? 대장군에 불과합니다. 두 분의 말마따나 더 강한 놈이 있을 겁니다."

"뭘까?"

"글쎄요? 사마귀니 암사마귀가 아닐까요? 그놈들은 교미 중에 수놈 잡아먹잖아요."

"하하! 그럼 멘티스 퀸인가?"

"킹이고 퀸이고 간에 후딱 해치워 버리고 싶네요. 그런데 이러다가 임페라토르가 떼거리로 튀어나옴 어떡하죠?"

슈타이너가 걱정했다. 본인은 임페라토르 한 마리도 벅찼다. 더 강한 놈이 있다면 바하무트가 상대해야 했다. 서너 마리만 나타나도 낭패도 그런 낭패가 없게 된다.

"그건 그때 가서 생각하자. 지금 고민한다고 해결될 것 같지는 않다."

"하긴."

바하무트의 말에 슈타이너가 어깨를 으쓱였다. 고민할 필요 없이 부딪쳐 보면 될 일이었다. 브레인도 고개를 끄덕였다. 그도 모르는 사이 서서히 일행에게 동화되어 갔다.

*　　　*　　　*

사마귀 초원의 깊숙한 곳.

지하를 관통하는 암굴 주변으로 멘티스들이 우글거렸다. 넓은 지역까지 계산하면 족히 십만 단위도 넘어설 만큼 초록색 곤충으로 가득했다. 계급이 낮을수록 수가 많았고 높을수록 수가 적었다. 제너럴쯤 되니 전체 비율의 1/1,000도 될까 말까였다.

키아아아!

후다다닥!

소리를 들은 멘티스들이 암굴에서 멀어졌다. 자리를 비켜준 듯 보였다.

땅이 울리면서 칠 미터 크기의 멘티스가 나타났다. 임페라토르였다.

바하무트 일행이 동영상에 봤던 놈과 레벨이 비슷했다. 고개를 빳빳이 치켜들고 엉덩이를 뒤로 쭉 뺀다. 유저보다도 큰 낫으로 목을 긁적인다. 무시무시한 위용이었다.

쿠우우웅!

키키키킥!

칠 미터 크기의 임페라토르조차 흔들릴 만한 진동이 암굴에 서부터 타고 올라왔다. 계급이 낮은 멘티스들은 몸을 부들부들 떨며 납작 엎드렸다. 공포와 경배가 담긴 행동이었다. 이 진동에서 자존심을 지키고 있는 멘티스는 임페라토르가 유일했다.

쿠우우웅!

진동은 점차 가까워졌다.

직경 20미터나 되는 암굴 내부에서 긴 호흡이 느껴졌다. 정체불명의 존재가 스스로를 내보이려는 징조였다. 눈에는 안 보여도 엎드려서 코 닿을 거리까지 다가왔다.

키릭!

드디어 모든 멘티스를 아우르는 사마귀 초원의 여왕이 모습을 드러냈다. 놀라운 것은 혼자가 아니라는 것이었다.

양옆에 두 마리의 임페라토르가 더 있었다. 도합 세 마리였다. 이쯤이면 바하무트 일행의 전력을 초과한다.

더군다나 여왕은 임페라토르를 합쳐 놓은 것만큼이나 거대했다.

350레벨 공포와 경배를 받는 자.

사마귀 초원의 여왕 실라우리스.

등 뒤에 달린 두 쌍의 날개와 육체를 지탱하는 세 쌍의 다리는 굳건했다. 날카로운 낫을 매단 두 쌍의 팔도 어느 명장의 보검 못지않았다.

그야말로 상대를 참살하기 위해 최적화된 살인병기였다. 눈으로 보기만 해도 소름이 돋을 정도였다.

키잉!

실라우리스가 초원 너머의 먼 곳을 쳐다봤다. 최근 메릴 강을 넘어온 인간들이 자신의 아이들을 무참히 죽이면서 진군하고 있었다. 큰 피해가 아니라서 두고 보기만 했다. 그런데 점점 도를 지나쳤다. 이러다간 보금자리까지 밀고 들어올 기세였다.

키앙!

키르르륵!

실라우리스가 인페라토르들에게 명령했다.

인간들의 언어로 해석한다면 지금 당장 전 병력을 모으라는 것이었다.

인페라토르들은 그녀의 명령을 받들었고 이를 기점으로 두 세력의 상황이 일촉즉발로 치달았다.

*　　　*　　　*

열흘 동안 임시 주둔지를 세 번이나 옮겼다.

사마귀 초원의 외곽에서 중심으로 들어간다는 뜻이었다. 들어가면 갈수록 멘티스 이외의 몬스터도 조금씩 출몰했다. 이상한 점은 덤벼드는 멘티스의 숫자가 줄어든다는 것이었다. 덤벼들어도 제너럴 등급은 단체 나들이라도 갔는지 발견이 어려웠다.

지이이익!

지도를 펼친 브레인이 가지각색의 펜으로 지나온 곳을 표시했다.

파란색이 지나친 부분이고 빨간색이 가야될 부분이었다. 비율로 보자면 어림잡아 30~35% 정도는 돼 보였다. 남아 있는 부분이 두 배였다. 아직도 가야 할 길이 멀었다.

"일은 잘돼가세요?"

"표시만 하면 되는 거라서 잘되고 말 것도 없어요. 그림 따라 그리는 노동쯤 되려나?"

브레인이 파티에 소속된 지도 오랜 시간이 지났다. 끊임없이 노력하면서도 하루하루가 재밌었다.

이제 바하무트와도 곧잘 농담을 주고받았다. 슈타이너와는 더욱 잘 놀았다.

"지도제작을 하면서 멘티스들의 서식처도 조사해 봤습니다. 이놈들, 그늘을 선호하더군요. 아무래도 음습한 곳 위주로 수색하는 게 좋을 듯합니다. 시간도 절약하고요."

"그건 브레인 님 권한이니 마음대로 하시면 됩니다. 일일이 저에게 말하실 필요 없어요."

일일이 수색하기에는 남은 시간이 촉박했다. 보름하고 며칠만 더 지나면 왕궁으로 가야 했다.

바하무트도 그런 점을 잘 알기에 병력의 통제권을 브레인에게 양보했다.

"일단 쓸모없다 여겨지는 지역은 표시만 해두고 최대한 남은 시간을 활용해 보겠습니다."

"알겠습니다. 나중에 다시 찾아오겠습니다."

몇 마디 더 나눈 바하무트가 막사를 벗어났다. 브레인은 그런 바하무트를 쳐다보다 이내 제 일에 집중했다.

34장
떠도는 나그네

타탁타탁.

울창한 나무들로 가려진 숲 속의 작은 공터였다. 모닥불이 활활 타오르며 어두컴컴한 사마귀 초원의 일부를 밝혀줬다.

화르르륵.

불빛에 비치는 그림자가 장작들을 모닥불로 던져 넣었다. 의미 없는, 모닥불을 살리려는 반복적인 행동에 불과했다. 그에 줄어들던 불빛이 힘을 얻고 세차게 일어났다.

"혼자서는 무리다."

검은 로브를 입고 있는 사내가 뜻 모를 말을 중얼거렸다. 옆에 놓아둔 고풍스러운 검으로 볼 때 검객일 가능성이 매우 높았다.

그의 머리 위에는 아무것도 표시되지 않았다. 검은 로브는 은신의 망토와는 다르지만 능력은 비슷했다. 외부의 시선을 차단시켜 주기에 유저인지 NPC인지 판별 불가였다.

"실라우리스 하나라면 몰라도 임페라토르 세 마리가 합세하면 어려워진다. 하물며 잔챙이까지……."

몇 달간의 수색 끝에 가까스로 실라우리스의 레어를 발견했다. 다가가기에는 멘티스의 숫자가 너무나도 많아 멀리서만 지켜봤다. 자만하다가는 둘러싸여 죽을 것이다. 그렇다고 물러설 수는 없었다. 무슨 일이 있어도 꼭 죽여서 그것을 가져가야 했다.

"고민이군."

스슥.

사내가 고민이라면서 모닥불을 쳐다볼 때였다.

주변 숲이 움직이며 무언가가 그를 포위했다. 그걸 아는지 모르는지 관심조차 내보이지 않았다. 이럴 경우에는 실력에 자신이 있거나 살기를 포기했거나, 둘 중 하나였다.

키키키키!

사마귀 초원에 진입한 뒤로 하루가 멀다 하고 듣는 소리였다. 이제는 하도 들어서 징글징글했다. 사내를 포위한 것들은 멘티스였다.

숫자가 수백 마리를 훌쩍 넘어갔다. 이 멘티스들은 외곽에서 서식하다가 실라우리스의 부름을 받고 중앙 서식처로 이동하는 중이었다. 사내를 발견한 것은 우연이었다.

"없군, 없어……."

사내가 고개를 저었다. 어떤 방향에서 생각해도 실라우리스를 죽일 방법이 안 떠올랐다. 그러는 와중, 낮을 바짝 치켜세운 멘티스들이 그의 반경 20미터 내로 접근했다. 언제든지 공격해서 그의 육체를 갈기갈기 찢어버릴 준비가 되어 있었다.

키아아악!

사방에서 멘티스들이 달려들었다. 흔히들 불을 피우면 동물과 몬스터들을 쫓아낼 수 있다고들 말한다. 근거 없는 개소리에 불과했다. 목숨을 앗아갈 만큼의 큰 불이라면 위협을 느끼겠지만 저런 조잡한 모닥불 따위는 짓밟아 꺼뜨리면 그만이었다.

"시끄럽다."

즈아아앙!

콰당탕탕!

사내가 옆에 놓아둔 검을 뽑아 내질렀다.

군더더기 없는 깔끔한 움직임은 감탄을 자아낼 만했다. 대기가 밀려나간다는 착각이들 정도로 거센 풍압이 휘몰아쳤다. 수백 마리의 멘티스가 달려오던 그대로 꼬꾸라졌다.

커르르륵.

놈들의 심장 부근에서 피가 흘러나왔다. 깔끔하게 심장을 베어죽인 것이다. 무작위로 휘둘러서 토막을 내는 것보다 몇 배는 어려운, 단 한 번의 발검으로 만들어낸 신기였다.

척!

"오늘만 세 번째인가?"

사내는 이곳에서 생활하며 멘티스들의 습성을 잘 파악했다.

거기에 빗대어 볼 때 무언가가 이상했다. 알아보고 싶었지만 섣부른 행동은 금물이었다.

"내일은 이동해야겠군."

사내가 모닥불을 쬐며 살며시 눈을 감았다. 남들이 뭐라던 그에게는 이게 휴식이었다. 높은 경지에 올랐어도 최상의 컨디션을 유지하며 움직이려면 푹 쉬어줘야 했다.

*   *   *

브레인은 병력을 통제해서 멘티스가 있을 만한 지역을 집중적으로 수색했다. 양지를 제외시킨, 빛이 들지 않는 음지가 대부분이었다.

시간을 단축하려면 어쩔 수가 없었다. 한데 성공도 실패도 아닌 애매한 결과가 나타났다. 서식처를 찾긴 찾았다. 그런데 살았던 흔적만 있고 멘티스들은 어디에도 안 보였다.

"흐음… 이 흔적……."

촤륵.

브레인이 흔적을 손으로 짚고 대상추적 스킬을 사용했다. 지역탐색이 허용되는 범위까지만 적용된다.

지도가 펼쳐지며 멘티스들의 발자국이 입력됐다. 발자국이 일정한 간격으로 한 방향을 향하고 있었다. 찾는 곳마다 이런 모습뿐이었다. 어딘가로 대규모 이주를 시작한 게 틀림없었다. 발자국의 각도가 일정했다. 공통 목적지로 향했다는 뜻이었다.

"어째 아달델칸이 생각나네."

"형도 그 생각했어요? 저도 그래요. 그때 고위 마족들이 아달델칸의 영지로 가서 합류했잖아요."

지도를 살펴보던 바하무트와 슈타이너가 한마디씩 했다. 죽은 자들의 왕국 퀘스트를 수행할 때의 느낌이 다분했다. 쉽게 눈에 띄던 멘티스들이 하루아침에 사라졌다. 죽은 게 아니란다. 어딘가로 이주했단다. 불길한 기분이 스멀스멀 피어올랐다.

"동감입니다. 저희들의 존재를 눈치채고 대비에 들어간 듯합니다."

브레인 역시 일행과 생각이 같았다. 어느 순간부터 멘티스들의 공격이 줄어들더니 지금은 뚝 하고 끊겨 버렸다.

구린내가 풀풀 풍겼다. 조금 더 지나면 확실해질 것이다. 상황이 이리되자 수색의 필요성이 사라졌다. 모든 게 사실이라면 이 길의 끝에 떼거리로 몰려 있을 것이다.

"주둔지를 옮겨야겠습니다."

"또 말입니까?"

"아달델칸 때와 비슷하다는 전제하에 이곳에서 버티는 건 무의미합니다. 주둔지를 되도록 전진 배치해서 아군에게 최적의 여건을 제공해야 합니다. 준비하겠습니다."

바하무트가 브레인의 의견을 존중해 줬다. 그의 판단이 틀렸던 적은 없었다. 이제 제국 선포까지 열흘도 채 남지 않았다. 그 짧은 시간을 활용하려면 과감해져야 했다.

*　　*　　*

아마란스 영지군은 주둔지를 철회했다. 그리고는 하루 여덟 시간을 제외한 나머지 시간 동안 진군했다. 목적지는 사마귀 초원과 절망의 평원을 가르는 경계 지역이었다.

휘휘휘휘!

슈타이너가 휘파람을 불며 이곳저곳을 돌아다녔다. 독사왕의 이빨을 어깨에 들쳐 멘 모습이 건들거림의 진수를 보여줬다.

그는 틈날 때마다 본진을 벗어나서 자신들을 위협하는 뭔가가 없는지 살펴봤다. 할 일이 없어서 그렇다는 건 비밀이었다. 바하무트는 이곳에서 십 킬로미터쯤 뒤에 있었다.

크르르르!

"응?"

한창 걸을 쯤, 어디선가 짐승의 울음소리가 들려왔다. 슈타이너가 삐딱한 자세로 소리가 들린 쪽을 쳐다봤다. 바위 위에서 침을 질질 흘려대는 야수 계열 몬스터가 보였다.

205레벨 노란 눈동자 시라소니.

레벨과 등급이 상당했다. 멘티스 제너럴보다는 약해도 나이트 몇 마리는 가볍게 상대할 수준이었다.

"안녕?"

슈타이너가 손대신 창을 흔들며 아는 체를 했다.

시라소니는 반겨줄 생각이 없나 보다. 그가 창을 흔드는 동시에 바위를 박차고 뛰어올랐다.

"성급하긴 나랑 놀… 아니다. 너 일단 좀 죽어라."

슈타이너는 말을 끝맺기도 전에 시라소니에게 사형을 선고했다.

심심했던 관계로 가지고 놀려 했지만 갑작스레 거슬리는 게 생겨났다. 확인해 봐야겠다.

소닉 붐(sonic boom) : 후반 칠식.

구풍잔격(九風殘擊) : 아홉 바람을 잔인하게 뚫다.

퍼퍼퍼펑!

크어어엉!

한 방마다 관천의 위력을 내포한 구풍잔격의 구 연타를 처맞은 시라소니가 단숨에 사신의 언저리로 걸어갔다. 슈타이너는 머뭇거림 없이 시라소니의 목숨을 끊어버렸다.

소닉 붐(sonic boom) : 전반 일식.

관천(貫天) : 하늘 뚫기.

시라소니를 죽인 슈타이너가 곧바로 관천을 사용했다. 일인 격살 스킬은 단번에 목표와의 거리를 좁혔다. 목표는 장정 두세 명이 둘러도 못 두를 만큼 커다란 나무였다.

콰아아앙!

관천이 박히면서 나무 밑동이 통째로 폭발했다. 폭발력을 못 이긴 잔해가 사방으로 흩어지며 흉기로 돌변했다. 마치 날카로운 단검처럼 근접해 있는 모든 것에 틀어박혔다. 슈타이너는 쏜 당사자였기에 힘의 방향상 그에게는 공격이 날아오지 않았다.

파팟!

슈타이너가 정면으로 달려나갔다. 그러면서 창을 내질렀다. 용창기병의 스킬, 투창 자세의 응용 동작이었다.

쩌어어엉!

끼기기긱!

"너, 누구야?"

독사왕의 이빨을 막고 있는 검은 검갑이 보인다. 그 검갑을 타고 올라봤다. 검은 로브를 쓰고 있는 정체불명의 존재가 나타났다.

슈타이너는 시라소니를 발견하고 몇십 초 후, 다른 기척을 느꼈다. 워낙에 교묘했기에 맞는지 아닌지 긴가민가했었다. 속는 셈 치고 공격해봤다. 처음 느낀 게 맞았다.

"날 눈치챘나? 제법이로군."

"뭐? 제법?"

슈타이너의 눈에 불똥이 튀었다. 유저 중에서 세 손가락 안에 꼽히는 강자에게 제법이란다. 공격 한 번 막았다고 기고만장한 꼴이라니, 어디 말할 자격이 있나 봐야겠다.

콰드드득!

황금빛 용투기가 슈타이너의 전신을 감싸 안았다. 아름다운 색상 덕분에 황홀하기까지 했다.

쿠우우웅!

둘의 옆으로 밑동이 날아간 나무가 떨어졌다. 그게 신호탄이 됐다. 슈타이너가 용투기를 방출하자 팽팽하게 대치하던 힘의 균형이 깨지면서 검은 로브가 조금씩 밀렸다.

쩌엉!

콰콰콰쾅!

창과 검이 부딪히며 강력한 충격파가 터져 나갔다.

어느 정도인가하면 충격파만으로도 주변의 바위와 나무를 박살냈다. 특이한 점은 검은 로브가 검을 뽑지 않았다는 것이다. 그는 슈타이너의 공격을 검갑으로만 대응했다.

"검 안 뽑아? 장난해?"

"검을 뽑으면 그대는 죽는다. 신의 축복을 받아도 죽음은 그대들에게도 큰 피해를 가져올 터, 그만하는 게 어떻겠나?"

소닉 붐(sonic boom) : 후반 팔식.

유성낙하(流星落下) : 유성 떨구기.

콰콰콰쾅!

황금빛 유성이 떨어지며 검은 로브를 압박했다.

그때 믿지 못할 광경이 벌어졌다. 검은 로브가 검을 뽑아 드는 순간, 수백 개의 유성이 반으로 쪼개졌다. 그러자 제어력을 상실한 유성들이 주변 일대를 초토화시켰다.

"그대의 뜻을 잘 알았다. 후회하지 말라."

"넌 오늘 뒈졌다."

슈타이너의 인내심이 한계에 도달했다. 웬만하면 본체로 현신하지 않으려고 했다. 정작 필요할 때 못 쓸까 염려돼서다. 그러나 검은 로브의 도발은 그의 이성을 마비시켰다.

"현신."

파아아앗!

빛이 번쩍이며 슈타이너의 본체가 드러났다.

전체적인 모습은 2차 전직 때와 비슷했지만 3미터에 불과했던 육체가 5미터로 커졌다. 터질듯이 발달된 근육이 금방이라도 두터운 가죽을 뚫고 나올 듯 꿈틀거렸다.

"용족? 용족이었던가?"

검은 로브의 음성에서 당황스러움이 느껴졌다.

가벼운 마음으로 상대하려고 했던 자가 최강의 종족이라 불리는 용족이었을 줄이야.

"원래는 조금만 싸우다가 그만하려고 했다. 그런데 내 자존심을 건드려? 입만큼 대단한지 제대로 붙어보자."

"난감하군."

슈타이너에게서 투기가 뿜어졌다. 순순히 보내줄 생각이 없어 보였다. 한눈에 봐도 자존심이 상당히 셌다. 처음부터 용족임을 알았다면 적당히 하고 넘어갔을 것이다.

쿠우우웅!

검은 로브가 숨겨뒀던 힘의 일부를 개방했다. 아직 미숙하기는 해도 상당히 강했다. 그에게는 큰 손실이었다. 왜냐하면 기준치를 넘어서는 힘을 사용했다간 실라우리스와의 전투에 지장을 초래한다. 이기지 못할 정도는 아니지만 되도록 피하고 싶었다.

"간다."

꾸드드득!

슈타이너의 꼬리가 부풀면서 스프링처럼 찌그러졌다. 저게 일직선으로 펴지는 순간, 본격적인 전투가 시작된다.

띠딩!

"으억! 제길, 너 운 좋은 줄 알아! 해제!"

슈타이너는 귀를 파고드는 알림음에 기겁하고는 다급히 본체를 풀어버렸다. 유일하게 그를 제어할 수 있는 존재가 다가오고 있었다. 그는 다름 아닌 바하무트였다.

"이미 다 봤거든?"

"켁!"

스윽.

검은 로브가 허공을 올려다봤다.

가까이 오는 줄은 진작 감지했다. 저 거대한 기운은 놓치고 싶어도 놓칠 수 없는 종류였다. 마침 바하무트도 그를 훑어보는 중이었다. 둘은 자연스레 눈이 마주쳤다.

'강하다. NPC가 저 정도면 대체 누구지?'

'저자도 용족인가? 인간 상태로도 골든 나가의 본체에 버금가는 기운을 품고 있군.'

스르르륵.

바하무트가 지상으로 내려왔다.

슈타이너와 검은 로브 둘 다 더는 싸울 생각이 없어 보였다. 이틈에 중재하는 게 좋은 듯했다.

*　　*　　*

진군을 멈추고 휴식을 취하는 중이었다. 바하무트는 슈타이너의 생명력과 용투력의 증가치를 발견하고 깜짝 놀랐다.

파티창의 표시 수치가 몇 배로 폭증했다. 용족의 특성상 본체로 변했음이 틀림없었다. 인간 상태로 상대하기 어려운 적을 만난 게 분명했다. 지체 없이 몸을 일으켰다.

쿠우우웅!

가까이 다가갈 때쯤 슈타이너와 상반되는 기운이 이빨을 드러냈다. 이만하면 녀석 혼자서 상대하기 어려워 보였다.

일정 반경에 들어가자 서로의 인식을 도와주는 알림음이 귀를 파고들었다. 그러자 슈타이너의 표시 수치가 원래대로 돌아왔다. 바하무트가 오는 것을 알고 본체를 푼 것이다.

도착해서 본 모습은 슈타이너와 검은 로브의 대치 상황이었다. 로브에 가려 유저인지 NPC인지 긴가민가했지만 이내 생각을 접고는 NPC로 단정 지었다. 저 정도의 실력을 지닌 유저가 있을 리가 없었다. 있다면 이사벨라뿐인데 그녀는 여자였다.

"어떻게 된 거야?"

"그게… 심심해서 주변을 수색하다가 몬스터 한 마리를 발견했거든요? 그런데 저 검은 로브가 숨어서 저를 지켜보고 있더라고요. 기분이 나빠서 공격한 다음 누구냐고 물어봤죠. 그러니까 자기의 기척을 느낀 게 제법이래요. 화가 안 나고 배겨요?"

스르르릉!

철컥!

검은 로브가 검을 집어넣었다. 듣고 보니 그럴 만도 하다 생각해서였다.

슈타이너도 창을 갈무리했다. 바하무트의 등장으로 분위기가 식었기에 싸울 흥미가 사라졌다.

"오해가 생긴 모양이군요. 저는 바하무트, 이쪽은 슈타이너라고 합니다. 실례지만 소개를 해주실 수 있으신지?"

바하무트가 정중하게 물어봤다. 저런 부류의 NPC는 대부분 스스로를 드러내기 꺼려 한다. 억지로 벗기려 들다간 전투가 벌어진다. 밝히기 싫다면 내버려 두는 게 좋다.

스윽.

검은 로브가 로브를 벗었다. 한눈에 봐도 유니크 이상으로 보이는 경장 갑옷에 부드러운 푸른 머리카락을 지닌 중년 사내였다. 다행히도 폐쇄적인 NPC는 아닌듯했다.

"음."

"크헉!"

유저들은 호기심이 가는 NPC나 몬스터를 발견하면 본능적으로 모습보다 머리 위를 쳐다본다. 이름과 레벨을 확인하기 위해서였다. 바하무트와 슈타이너 역시 그러했고 곧 놀랍다는 감정을 내보였다. 정말이지 깜짝 놀랄, 생각지도 못한 인물이었다.

399레벨 대륙을 배회하는 자.

검술의 극의를 본, 슬픈 눈의 샤칸.

발견하기가 하늘의 별 따기처럼 어렵다는 떠도는 나그네, 슬픈 눈의 샤칸이었다. 그는 대륙에 존재하는 12명의 울티메이트 마스터의 한 명으로서 헬렌비아 제국을 대표하는 제국제일기사 붉은 혈광의 솔레이온 공작과 함께 양대산맥으로 불리는 존재였다.

떠도는 이유는 불명.

그가 유명한 이유는 실력과 레벨 때문이 아니었다. 유저들에게 판매와 물물교환을 목적으로 보여주는 높은 등급의 아이템 때문이었다. 바하무트는 문득 샤칸에게 히어로 아이템이 있다는 레이란의 말이 떠올랐다. 레벨을 보건대 충분히 가능했다.

"미안하군. 사과하도록 하지."

"괜찮습니다. 샤칸 님의 명성은 익히 들었습니다. 이런 곳에서 뵐 줄이야. 운이 좋았군요."

"자네처럼 신의 축복을 받은 이들 사이에서 떠도는 명성이라면 혹시 아티팩트를 말하는 것인가? 원한다면 사과의 의미로 내가 지닌 아티팩트들을 보여주겠네. 어떤가?"

바하무트가 눈을 빛내며 고개를 끄덕였다. 그를 보자마자 바로 든 생각이 그거였다. 혹시 쓸 만한 아이템을 얻을 수 있을지 기대됐다. 다른 장비는 몰라도 액세서리는 아직까지 유니크였다. 이제 막 3차 전직을 완료한 슈타이너는 말할 필요도 없었다.

촤륵.

샤칸이 메고 있던 가방을 내려놨다.

모양이 저절로 변형되며 자그마한 갑판이 만들어졌다. 공간 확장마법과 변형마법이 걸린 고가의 아이템이었다. 그렇기에 수천 개의 아이템을 넣고 다녀도 불편하지 않았다.

[아이템 목록]
[퀘스트 목록]

목록이 두 종류로 나눠졌다. 바하무트는 퀘스트에 투자할 시간이 없었기에 아이템 목록을 열어봤다. 갑판 속에 작은 모형들이 빼곡하게 생성되며 빈자리를 채워줬다.

제법 재미있는 현상이었다. 목록에 들어가자 장비뿐만이 아니라 스킬북, 영단, 재료 등, 아이템에 속하는 모든 것이 나열됐다. 눈이 핑핑 돌 만큼 많았다. 대충 봐도 수백 가지를 넘어섰다. 바하무트는 그중에서 최상위에 속한 여섯 개를 추려냈다.

[폭풍과 우레의 권능 : 스킬북]
[유실된 아수라의 팔 : 건틀렛]
[해왕의 잔혹한 분노 : 삼지창]
[만년설의 정수 : 지팡이]
[고대 왕족의 영혼검 : 장검]
[아라메크의 눈동자 : 영단]

하나하나가 화룡의 송곳니에 필적하는 히어로 등급으로서 바하무트의 눈에도 좋아 보이는 아이템들이었다. 그러나 무리를 해가면서까지 구매하고픈 것은 없었다.

속성도 능력치도 맞지 않았다. 영단인 아라메크의 눈동자 옵션이 지능에만 쏠려 있지 않았어도 좋았을 텐데 아쉬웠다.

바하무트가 슈타이너를 쳐다봤다. 그는 마음에 드는 게 있는지 연신 목울대를 삼켜댔다. 창돌이가 원하는 아이템이라 바야 뻔했다.

"형, 괜찮은 거 있어요?"

"아니."

"저는 해왕의 잔혹한 분노요. 독사왕의 이빨보다 능력치도
좋고… 간지도 작살이네요."

[해왕의 잔혹한 분노 : 히어로]

설명 : 해왕 하르델콘은 기나긴 세월동안 바다의 일부를 지배
하는 머메이드 일족의 위대한 왕이었다. 비록 지금은 후계자에
게 왕의 자리를 양보하고 영면에 들었지만 아직까지 삼지창에
남아 있는 그의 잔혹한 의지는 끝없는 분노로서 세상을 뒤엎는
다.

제한 : 2차 전직 이상, **종류** : 삼지창, **내구도** : 700/700.

공격력 : 5,000~6,500, 근력 +300, 체력 +200, 민첩 +100, 지
능 +100, 수속성 강화, 저항 +120.

일반 옵션

1. 자체치유 : 물은 생명의 근원이다. 해왕의 잔혹한 분노를 지
닌 자는 분당 5%의 생명력과 마력이 자체적으로 회복된다.

특수 옵션

1. 해류발생 : 마력을 소모하여 반경 수백 미터를 뒤엎을 정도
의 해일을 발생시킨다. 물 관련 지역에서 사용하면 위력이 두 배
로 증가한다. 휩쓸린다면 결코 살아남지 못하리라.

2. 해왕의 심판 : 시전자의 생명력을 소모하여 하늘조차 꿰뚫을 거대한 물의 창을 만들어낸다. 창에 잠재된 하르델콘의 권능을 빌려 오는 것이기에 사용 시 10레벨이 다운된다.

슈타이너의 말대로였다. 독사왕의 이빨보다 옵션이 뛰어났다.

자체 능력치는 물론이고 특수 옵션 중에서 10레벨을 소모하는 해왕의 심판은 시전자의 생명력을 갉아먹는 양날의 검이었다.

저런 스킬은 특성상 대단한 위력을 자랑한다. 모르긴 몰라도 천살창혼파에 버금가거나 그 이상일 것이다. 눈독 들일 만도 했다.

"해왕의 잔혹한 분노, 이거 얼마예요?"

"안목이 뛰어나군. 돈은 받지 않는다네. 내 기준에 부합되는 판매와 물물교환만 존재하네."

"본론으로 넘어갑시다."

"영단, 수명을 늘릴 수 있는 영단만을 취급하네. 그게 없다면 물물교환이 유일할 길이지."

수명을 늘리는 영단?

일전에 복용했던 히드라 하트처럼 능력치 증가폭이 높은 영단을 뜻하는 듯했다. 현재 바하무트와 슈타이너에게는 그런 영단이 없었다. 얻는 족족 처먹기에 바빴다.

"없나? 없으면 이걸 가져갈 만한 아티팩트를 내보이게."

"음, 이거면 됩니까?"

슈타이너가 독사왕의 이빨을 내밀었다. 샤칸이 그것을 받고 살펴보더니 눈살을 찌푸렸다.

"내 것보다도 가치가 떨어지는 걸 내밀면 어쩌자는 건가? 이것으로는 어림도 없다네."

샤칸은 그리 말을 하다가 슈타이너의 목에 달린 타이탄의 권능의 가치를 알아보고 관심을 표했다.

"그 목걸이, 그 목걸이를 내준다면 물물교환에 응하겠네."

"허헉! 타이탄의 분노를? 아, 안 돼! 안 하고 말겠어. 이게 어떤 목걸이인데 절대 안 돼!"

슈타이너가 기겁하며 뒤로 물러섰다. 착용만 해도 20%의 능력치를 증가시켜 주는 보물이었다. 이게 있었기에 레이란과 니쿠룸을 동시에 상대하고도 살아남은 것이다.

"아쉽군. 어쩔 수 없지."

"제길!"

샤칸은 금세 포기했다. 싫다는 걸 억지로 붙잡는 성격은 아니었다. 슈타이너는 끝끝내 미련이 남는지 아쉬움을 토로했다. 그 모습을 지켜보던 바하무트가 앞으로 나섰다.

"제 걸 보여 드리겠습니다. 혹시 원하는 게 있으시면 물물교환이 가능한지 알고 싶군요."

"호오? 아티팩트를 모으는 취미가 있으신가?"

"봐주시길."

바하무트가 아공간에서 컬렉션을 죄다 꺼냈다. 샤칸은 기본적으로 아이템을 옵션을 꿰뚫어 보는 능력을 지닌 듯 보였다. 그렇지 않고서야 타이탄의 권능의 가치를 눈대중으로 맞출 수는 없었다. 굳이 옵션을 보여주지 않아도 스스로 찾아낼 터였다.

"으음!"

샤칸은 바하무트가 모은 아이템의 수준이 생각보다 높아서 당황했다. 그는 하나하나 세밀하게 살펴봤다. 그러다가 마음에 드는 두 개를 발견하고는 의사를 내비쳤다.

"사보노크의 날개와 지옥혈무검이로군요. 둘 중 하나와 해왕의 잔혹한 분노를 교환하도록 하죠."

"전부는 안 되겠나?"

"원하는 게 없습니다. 아쉽지만 저와는 맞지 않더군요. 어떤 것으로 하시겠습니까?"

선택하기가 어려웠던 샤칸은 큰 결심을 했다. 신의 축복자들은 아티팩트 말고도 큰 보상이 뒤따르는 모험을 좋아한다고 들었다. 만족할 만한 것을 주면 좋아할 것이다.

"축복자들은 모험을 좋아한다지? 나에게는 신의 유산을 얻을 수 있는 방법이 있다네."

"신의 유산?"

바하무트가 흥미를 드러내자 샤칸이 재차 말을 이었다. 역시 모험에는 약한가 보다.

"마계와의 전쟁에서 패배한 이후로 타 차원의 경계에서 숨어 살게 된 고대 천족과 관련된 모험이라네. 성패 여부는 자네들이 결정할 일이고 기회 제공은 내가 해주겠네."

띠딩!

NPC 슬픈 눈의 샤칸이 SSS급 퀘스트 타락한 천사의 궁전에 관한 정보를 공유합니다.

"SSS급?"

바하무트의 눈가가 미비하게 흔들렸다. 이프리트의 부활과 동급이었다. 이쯤이면 400레벨 이상에서나 수행할 수 있는 초고난이도 퀘스트였다.

그가 공유 내용을 확인했다.

"이… 건."

보상으로 레전드 아이템이 주어진다.

쉬지 않고 읽어 내려가는 글 속에서 완료가 불가능하다는 확신이 무럭무럭 솟구쳤다.

그럼에도 인간의 욕심을 끝도 없는지 퀘스트를 받아들이라는 유혹이 그를 괴롭혔다.

"좋습니다."

결국 바하무트가 거래를 받아들이며 사보노크의 날개와 지옥혈무검을 건네줬다.

샤칸도 해왕의 잔혹한 분노와 퀘스트를 넘겨줬다. 오랜만에 만족스러운 거래였다.

"선물이다."

"으아아아! 형! 최고!'

바하무트는 기뻐하는 슈타이너를 보며 헛웃음을 지었다. 결과적으로 독사왕의 이빨과 해왕의 잔혹한 분노를 교환한 게 돼버린다.

다소 손해를 봤지만 아쉽지는 않았다. 넘겨준 아이템에 관해서는 대륙상단연합에는 따로 연락해서 조치를 취하면 된다. 대체품이 있기에 크게 뭐라 하지는 않을 것이다.

"멋지군. 멋져."

샤칸은 사보노크의 날개를 뒤집어쓰고 연신 감탄하고 있었다. 전에 쓰던 검은 로브보다도 훨씬 아늑하고 멋들어졌다.

남들은 모르겠지만 그는 망토 종류의 아티팩트를 광적으로 좋아했다. 굳이 표현하자면 망토 중독자 정도가 적당할 듯싶었다.

"좋은 거래였습니다. 그럼."

"잠시만."

"볼일이 있으십니까?'

바하무트는 자신을 붙잡는 샤칸을 의아하게 쳐다봤다. 더 나눌 대화가 없었기 때문이었다.

"자네들, 혹시 나 좀 도와줄 수 없겠나? 보상은 확실하게 해주겠네."

"무슨 말씀이신지?'

샤칸이 입을 열었다.

대화가 길어질수록 바하무트의 얼굴에 화색이 돌았고 대화가 끝날 때쯤 서로에게 도움이 되겠다는 확신이 섰다. 하늘이 무너져도 솟아날 구멍이 있다더니 딱 그러했다.

35장
여왕 실라우리스

샤칸과의 대화는 흥미로웠다. 그는 바하무트 일행에게 멘티스의 계급 체계를 설명해 줬다.

임페라토르 위에 실라우리스라는 멘티스 퀸이 존재한단다. 그녀가 사마귀 초원을 다스리는 실질적인 지배자랬다. 단독으로 붙는다면 죽이는 건 가능했다. 그러나 임페라토르 세 마리의 보호를 받았다. 죽이려면 한꺼번에 상대하는 수밖에 없었다. 더군다나 사방에서 몰려드는 잔챙이까지 계산하면 감당 불가였다.

"자네들의 목표가 사마귀 초원의 정벌이었다니."

"전 신의 축복자이며 아마란스의 영주입니다. 이곳을 정벌하면 큰 도움이 될 겁니다."

"그렇겠군."

바하무트는 자신의 목적을 숨김없이 말해줬다. 돈을 뜯어내거나 유리한 고지를 점하려는 등의 쓸데없는 짓은 하지 않았다.

그저 도움을 받을 수 있다는 하나만으로도 충분했다. 샤칸은 바하무트의 마음을 기특하게 여겨 실라우리스 사냥에 성공한다면 히어로 아이템 한 개를 주겠다고 했다.

"실라우리스의 레어가 어딘지는 정확하게 아십니까?"

"알고 있다네. 말보다는 지도로 설명하도록 하지. 잘 보게. 여기가 우리들의 위치니까⋯⋯."

샤칸이 가방에서 지도를 꺼내 현재 위치와 목표 위치를 표시했다. 축척을 기준으로 계산하면 대략 북동쪽으로 50킬로미터쯤 가면 된다. 그곳이 멘티스 일족의 주둔지였다.

"자네들 멘티스의 습격이 줄어들었음을 알 테지?"

"서식처가 텅텅 비어 있었습니다. 저희 쪽에서는 한곳에 모여들고 있다는 결론을 내렸습니다."

샤칸이 고개를 끄덕였다. 그도 바하무트의 의견에 동의했다. 딱 보니 돌아가는 상황이 그 짝이었다. 실라우리스가 자신들의 존재를 알아채고 병력을 모으며 전쟁 준비에 들어간 것이다. 조심해야 했다. 까닥 잘못했다간 아마란스 영지군이 전멸한다.

"전력 분배가 관건일세. 실라우리스는 내가 상대하겠네."

"그럼 임페라토르 세 마리는 제가, 슈타이너는 영지군을 도와 멘티스를 상대하겠습니다."

"충분하군."

좀 버겁겠지만 바하무트라면 임페라토르 세 마리를 버텨낼 것이다. 슈타이너도 마찬가지였다. 그가 멘티스들 사이에 뛰어든다면 양 떼 속의 늑대 한 마리가 돼버린다. 고작 2만의 영지군을 멘티스 아가리에 무방비로 처넣으면 결과는 불 보듯 뻔했다.

"준비가 끝나면 알려주게."

"이미 끝났습니다. 머뭇거릴 필요 없이 당장 출발하도록 하죠. 시간이 촉박하거든요."

"알겠네."

브레인의 준비성은 철저했다. 놀러 온 게 아닌 만큼 언제든지 뛰쳐나갈 수 있도록 만들어놔야 했다. 그 노력이 지금 발휘되고 있었다. 이제 남은 건 목표 발견뿐이었다.

*   *   *

파파파팟!

세 개의 그림자가 숲을 가로질렀다. 브레인에게 영지군을 부탁한 바하무트가 샤칸을 뒤따랐다. 멘티스의 감각은 상상을 초월한다.

영지군을 데리고 접근하면 발각될 가능성이 컸다.

작전은 간단했다. 셋이 먼저 전투를 시작하고 소란스러운 틈을 탄 영지군이 멘티스를 습격하는 것이었다. 임무 역시 예정대로 진행된다. 중요한 건 슈타이너의 역할이었다.

단순히 죽이는 걸 벗어나 바하무트와 샤칸에게 잔챙이들이 붙지 않도록 막아줘야 했다. 어차피 전투 반경 내로 접근하면 충격파에 휩쓸린다. 그러나 제너럴이라면 조금쯤은 버틴다. 철옹성을 쌓아야 했다. 서로 간의 호흡이 정벌전의 성패 여부를 가른다.

"도착했다."

샤칸이 몸을 멈추고는 나무 위로 올라갔다. 바하무트도 날개를 펴서 허공으로 솟구쳤다.

"많다."

"와! 사마귀 군단이다. 실라우리스하고 임페라토르는 없나 보네요. 제너럴은 간간히 보이네."

바하무트 일행이 바라보는 곳은 햇빛이 들지 않는 엄청난 규모의 골짜기였다. 멘티스들은 그 주변 나무 그늘에 누워 꾸벅꾸벅 졸고 있었다. 숫자는 25~30만 정도로 전부 졸지는 않았다. 몇몇은 불침번처럼 경계를 섰다. 녹색 파도의 위엄이 느껴졌다.

"저쪽이라네."

"암굴 말씀이십니까?"

샤칸이 손가락으로 시커멓게 뚫려 있는 암굴을 가리켰다. 규모부터 보통의 암굴과는 차원이 달랐다. 높이가 이십 미터는 돼 보였다.

저곳이 바로 실라우리스의 레어였다. 암굴 내부로 들어가면 실라우리스와 임페라토르들이 일부의 제너럴과 함께 살고 있었다. 나머지는 외부에서 생활한다. 말인즉, 바깥에서 굴로 들어가는 길을 막아버리면 외부와는 자연스레 차단된다는 뜻이었다.

"골든 나가 청년이 얼마나 잘해주느냐에 따라 일이 수월해진다네. 잘 부탁하도록 하지."

"형은 널 믿는다?"

바하무트의 물음에 슈타이너가 어깨를 으쓱했다. 무슨 말인지 알아들었다는 표시였다.

후욱!

파아아앙!

셋이 심호흡을 하고는 곧장 뛰쳐나갔다. 바람을 가르는 소리가 퍼져 나가며 그 소리를 인지한 멘티스들이 잠에서 깼다. 일일이 상대할 수 없었기에 무시하고 지나쳤다.

"슈타이너! 잘해!"

"예!"

스윽.

슈타이너가 엄지를 치켜세웠다.

그리고는 암굴 입구를 틀어막았다. 바하무트와 샤칸은 그를 뒤로한 채, 내부로 들어갔다. 워낙 순식간에 일어난 일이라 멘티스들은 미처 반응하지 못하고 허둥지둥거렸다.

"군기가 빠졌네."

휘리리릭!

파팡!

삼지창이 회전하며 정신 못 차리는 멘티스 나이트의 머리통을 꿰뚫었다. 한층 더 강해진 공격력에 나이트가 즉사했다. 동족이 죽은 후에야 멘티스들이 상황 파악을 끝냈다. 여왕께서 머무는 성지에 적이 침입한 것이다. 일이 생기기 전에 막아야 했다.

키아아아!

멘티스들의 포효에 슈타이너가 암굴 속으로 들어갔다. 바깥에 나와 있으면 사방에서 동시에 공격당한다. 약간만 들어가면 전투 효율을 최대한으로 높일 수가 있었다.

촤촤촤촤

삼지창이 자유롭게 움직였다. 다가오는 족족 일격에 쓰러졌다. 멘티스의 단단한 껍질도 날카로운 낫도 소용없었다. 슈타이너의 창질 앞에서는 속수무책이었다. 그럼에도 몬스터 웨이브는 끝나지 않았다. 여왕을 지켜야 한다는 사명감에 목숨을 불살랐다.

꿀꺽!

슈타이너가 용투력의 유지를 위해 포션을 복용했다. 소닉 붐의 사용을 자제하고 일반스킬 위주로 버텼다.

벌써부터 사용하면 앞으로 힘들어진다. 본체로 변하지 않는 것도 비슷한 이유였다. 본체 상태에서는 포션 복용이 불가능했다. 그렇기에 단기전에는 강해도 장기전에는 약했다.

키아아아!

끼끼끼끼!

"큭! 이것들이!"

슈타이너가 한 발 한 발 뒤로 밀려났다. 멘티스들이 광견병에 걸린 개처럼 달려들었다. 일반스킬의 한정 범위로는 암굴을 가득 채운 멘티스들을 밀어내기가 어려웠다.

퍼퍼퍼펑!

소닉 붐(sonic boom) : 전반 이식.

분영(分影) : 그림자 나누기.

삼지창의 그림자가 수백수천 개로 나눠지며 멘티스들의 전신을 훑고 지나갔다. 방 당 공격력은 낮아도 소닉 붐의 스킬 중 다수를 상대함에 있어 높은 효율을 자랑했다. 덕분에 슈타이너가 다시 전진했다. 밀고 밀리는 지루한 싸움이 본격적으로 불붙었다.

*　　　*　　　*

"생각보다 고생이 심한가 본데."

바하무트가 파티창에 표시되는 슈타이너의 수치를 확인했다. 생명력은 거의 변동이 없었다. 그러나 용투력은 고무줄처럼 늘어나고 줄어들기를 반복했다.

스킬을 난발하고 있다는 증거였다. 슈타이너는 속성보다는 능력치 위주로 캐릭터를 키웠기에 동 레벨보다 생명력과 마력이 높은 편이었다. 거기에는 타이탄의 권능도 한몫을 했다. 저만한 요요 현상이라면 피똥 싸며 막고 있을 모습이 저절로 그려졌다.

키아아앙!

키리리리!

바하무트의 정면으로 수십 마리의 제너럴이 쏟아져 나왔다. 입가에서 침을 질질 흘리는 게 극도의 흥분 상태인 듯했다. 레어를 침입 당했으니 화딱지가 날 만도 했다.

폭화 언령술 : 삼 조합 스킬.

일백 백(百), 불 화(火), 구슬 주(珠).

백화주(百火珠) : 백 개의 불꽃 구슬.

콰콰콰쾅!

백화주가 무작위로 폭발했다.

밀집 지역이라 폭발이 중첩되며 위력이 몇 배로 증가했다. 제너럴들의 몸뚱이가 터져 나갔다. 터진데 또 터지고 안 터진데도 터졌다. 굉음이 울리면서 암굴을 뒤흔들었다.

"우리를 기다리는군."

"그러네요."

지하 깊숙한 곳에서 강렬한 기세가 풍겨왔다. 실라우리스가 분명했다. 아마 임페라토르들도 함께 있을 것이다.

퍼어어엉!

드드드드!

두세 번의 습격이 이어졌다.

그럴 때마다 바하무트와 샤칸이 번갈아서 해치웠다. 이윽고 굴의 넓이가 점점 더 커진다는 느낌이 들 때쯤 어두웠던 암굴이 다소 밝아지며 거대한 공동이 나타났다.

"크군."

"쯧! 큰 것보다는 상황이 불리하네."

공동의 정중앙에서 압도적인 위용을 뽐내는 여왕 실라우리스가 둘을 내려다보고 있었다. 그 주변에는 세 마리의 임페라토르와 이백 마리가량의 제너럴이 그녀를 보좌했다. 그 모습을 본 바하무트가 감탄했다. 반대로 샤칸은 불리하다며 혀를 찼다.

[인간, 이곳까지 침입하다니 제법이구나.]

성대를 통한 육성이 아니었다. 뇌리를 직접 파고드는 텔레파시 종류와 비슷했다.

"실력이 되면 하는 거고 안 되면 못하는 거고."

[호호호호! 입은 살았구나. 이곳에 들어온 것을 후회하게 해주마. 가서 죽여라. 임페라토르.]

쿠웅!

여왕의 명령은 지엄했다.

지축이 흔들리며 임페라토르들이 발을 내디뎠다. 제너럴들도 일부를 제외한 전체가 움직였다.

화르르륵!

바하무트가 본체로 현신했다.

슈타이너와는 상황이 달랐다. 속전속결로 끝내야 했다. 그의 변화에 멘티스들의 깜짝 놀라며 뒤로 물러섰다. 실라우리스도 눈을 가늘게 떴다. 생각지도 못한 존재였다.

[용족?]

"시끄러워. 폭룡무장 바하무트가 명한다. 나를 떠받드는 화룡들이여! 본 장군의 부름에 응하여라. 폭룡무군 집결!"

푸아아악!

뜨거운 열기가 몰아치며 부름을 받은 폭룡무군이 집결했다. 그들은 멘티스들을 보자마자 기운을 내뿜으며 전의를 불태웠다. 그 모습을 바라보던 샤칸이 눈을 부릅떴다. 제법 강한 수준이었다. 저만하면 임페라토르와 제너럴을 상대로 밀리지 않는다.

[쳐라.]

크허허헝!

용마후를 터뜨린 폭룡무군이 멘티스들과 뒤엉켰다.

공동은 한순간에 난장판으로 변했다. 과연 인간들의 전투와는 수준부터가 남달랐다. 실라우리스는 자신이 그리던 그림과 다르게 진행됨에 분노했다. 용납할 수 없었다.

[이놈!]

"임페라토르는 제가 맡죠. 여왕을 부탁드립니다."

"알겠네."

우웅!

용투기가 전력으로 전개되며 육체를 보호했다.

능력치가 상승하며 힘이 용솟음쳤다. 바하무트가 임페라토르의 면상에 염왕권을 먹여줬다. 그리고는 세 마리의 중심부로 파고들었다. 숫자에서 밀렸기에 버거운 감이 없잖아 있었다. 그렇다고 기가 죽을 그가 아니었다. 오히려 더더욱 미쳐 날뛰었다.

[죽어라! 용족!]

파아아앙!

실라우리스가 두 쌍의 낫을 내질렀다. 정신없는 틈을 노린 것이다. 대기를 가르는 수십 개의 진공파가 바하무트에게 쇄도했다. 그는 날아오든 말든 제 일에만 집중했다.

쩌어어엉!

바하무트와 실라우리스 사이에 뛰어든 샤칸이 고속으로 검을 휘둘렀다. 눈부신 푸른 검광이 번뜩이며 진공파를 분해시켰다.

이런 난전에서야말로 협동이 중요했다. 둘 중 하나라도 죽거나 패한다면 엉망진창이 돼버린다.

부아아앙!

벌 떼가 우는 소리와 함께 샤칸의 검에서 선명하고 안정적인 소울 블레이드가 솟구쳤다. 실라우리스가 흠칫했다.

허용한다면 신체의 일부가 잘려 나갈 것만 같았다. 그 판단은 정확했다. 울티메이트 마스터의 기운은 다이아몬드조차 갈라 버린다. 신중을 기하지 않는다면 목숨이 날아간다.

"우리도 시작하지."

[인간 놈마저 기어오르는구나!]

"그 인간 놈에게 넌 오늘 죽을 것이다."

스륵.

샤칸이 검을 털었다.

가볍게, 정말 가볍게 털었다. 그에 공간이 갈라지며 여러 곳에서부터 변화가 시작됐다.

*　　　*　　　*

"정지."

"정지하라!"

바하무트가 출발한 지 서너 시간이 흘렀다. 브레인이 이끄는 아마란스 영지군이 뒤늦게 도착했다. 급속 행군의 영향으로 병사들이 가쁜 숨을 내쉬었다.

다들 지친 기색이 역력했다. 이런 상태로는 전장에 투입할 수 없었다. 그렇기에 짧게나마 체력회복 겸 휴식을 취했고, 그 사이 브레인은 정찰을 위해 목표 지점으로 이동했다.

"…이거 피해가 상당하겠는데?"

엄청난 규모의 멘티스가 한곳으로 몰려들고 있었다.

동족을 짓밟고 뭉개면서도 그 행동을 멈추지 않았다. 브레인이 시선이 멘티스들을 타고 올라갔다.

콰콰콰쾅!

폭음이 터지며 멘티스들이 육편으로 흩날리며 시커먼 암굴이 드러났다. 커다랬던 암굴이 멘티스들과 시체들로 뒤덮였던 것이다.

몇 마리가 죽었는지 파악도 안 된다. 움직이면 산 거고, 안 움직이면 죽은 거였다. 브레인은 암굴 속에서 번쩍이는 황금빛을 포착했다. 굳이 확인하지 않아도 슈타이너라는 것을 알 수 있었다. 그가 지리적 이점을 활용해서 멘티스들을 막고 있는 듯했다.

[슈타이너 님?]

[아! 왔어요? 왔으면 애들 좀 투입시켜요! 으악! 이 징그러운 새끼들아! 그만 좀 달려들어!]

브레인이 파티 음성을 날려봤지만 대화할 상황으로 보이지는 않았다. 실제로도 그러했다. 슈타이너는 몇 시간째 똑같은 행동을 반복 중이었다.

강적과 싸우는 게 낫지 잔챙이를 끊임없이 상대하다 보니 정신적으로 지쳐 갔다. 차라리 바깥으로 나가 마음 놓고 쳐 죽이는 게 편하겠다. 그러나 그리하면 암굴 속의 바하무트가 위험했다. 자리를 이탈하면 안 된다는 압박감이 그를 짜증 나게 만들었다.

[알겠습니다. 기다리세요.]

[네네!]

브레인이 파티 음성을 종료했다. 그리고는 골짜기의 지형지물 등을 살펴보다가 적당한 곳을 발견했다.

비교적 고지가 낮으면서 주변이 단단한 바위들로 가로막혀 있었다. 화살과 마법공격으로 어그로를 끌고 바위를 성벽 삼아 싸운다면 피해를 최소화 시키는 게 가능해 보였다. 영지군에게로 돌아갔다. 마침 병사들이 휴식을 끝마치고 장비 점검 중이었다.

NPC중에서 최고 실력자인 붉은 영혼 기사단장과 부단장이 전의를 불태웠다. 둘은 마스터였다. 선두에서 적진을 휘저어 준다면 그 틈을 일반 병사들이 메꿔줄 터였다. 규모면에서 차이가 심했기에 슈타이너 혼자 고군분투하는 정도로는 모자랐다.

"전군, 나를 따른다."

브레인이 멘티스들에게 들키지 않도록 발견한 곳을 우회해서 돌아갔다. 영지군이 그를 뒤따랐다. 20분이 지나면서 영지군이 멘티스들의 후미를 점했다. 그때까지도 멘티스들은 슈타이너에게 정신이 팔려 알아채지 못했다. 오직 암굴을 뚫기 위한 발악뿐이었다.

척!

200명의 기사가 정면을 일렬로 막아섰다. 멘티스의 무지막지한 돌파력을 막으려면 그들이 꼭 필요했다.

그다음을 중갑을 착용한 중장보병들로 채웠다. 경장보병, 창병, 방패병들은 병력의 중앙에서 캐스팅과 활시위를 메기는 원소술사와 궁병들을 보호하기 위한 방진을 구성했다. 마스터들은 브레인의 옆에 붙어 있었다. 상황 파악 후에 투입할 요량이었다.

"목표는 후미의 멘티스들부터다!"

"쏴라!"

피피피핑!

퍼펴퍼펑!

화살들이 곡선을 머금으며 하늘로 솟구쳤다. 그리고는 이내 소나기가 쏟아지듯 떨어졌다. 원소술사들의 마법들도 주어진 역할을 수행하기 위해 일직선으로 뻗어나갔다.

콰콰콰쾅!

키에에엑!

인지하지 못하는 공격에 대해서는 100% 치명타가 터진다. 멘티스들은 적에게 후미를 내줬다는 것을 모르고 있었다. 그렇기에 공격 한 방마다 막대한 데미지를 입었다. 죽을 정도는 아니었지만, 가랑비에 옷 젖듯이 점차 누적되면서 한계에 도달했다.

"1시 방향으로 전환!"

"1시 방향으로 전환하라!"

브레인의 명령에 공격 위치가 다른 쪽으로 바뀌었다. 대부분의 멘티스는 암굴을 뚫으려고 뒤쪽으로의 관심을 저버렸다.

실라우리스를 지키려는 광기가 동족의 죽음조차 묻어버렸다. 무엇이 우선순위인지를 본능적으로 파악한 것이다. 이때가 기회였다. 최대한 많은 수를 죽여놔야 했다.

퍼펑!

파이어볼의 화마가 멘티스 한 마리를 집어삼켰다.

그런데 조금 이상했다. 치명타가 터졌으니 응당 충격을 받아야 하건만, 화마 속에서 어렴풋이 보이는 실루엣상으로는 다친 곳 없이 멀쩡했다. 그 이유는 곧 밝혀졌다.

키아아앙!

파이어볼에 적중당한 멘티스는 제너럴 등급이었다.

제너럴의 어그로가 끌리자 수마리 가까이 되는 수하들의 어그로도 동시에 끌렸다.

"온다! 쏴라!"

"기사단, 밀리면 안 된다!"

두두두두!

콰콰콰콰!

대지가 울리면서 멘티스들이 골짜기를 기어 올라왔다. 수성의 기본은 적들이 올라오지 못하게 하는 것이다.

아마란스 영지군의 모든 화력이 제너럴의 부대로 집중됐다. 2만의 병력으로 수천 마리를 상대하는 건 어렵지 않았다. 기사들과 병사들도 나름 잘해줬다. 마스터가 있었기에 전력의 여유도 충분했다. 줄어들 기미가 안 보인다는 게 문제일 뿐이었다.

[브레인 님, 멀었어요?]

[후미에서 전투 중입니다. 숫자가 많아서인지 뚫기가 어렵습

니다. 버티기 버거우신가요?]

슈타이너에게 파티 음성이 날아왔다. 그의 목소리에서 답답함이 느껴졌다. 그건 브레인도 마찬가지였다. 지원 병력을 보내야 함에도 거기까지 갈 만한 방법이 없었다.

[큭! 그게 아니라! 제길! 그럼, 기사단장하고 부단장 놈을 암굴로 보내세요. 제가 바깥으로 나가 싸우겠습니다.]

[암굴까지 가기에는 두 마스터의 실력이 부족합니다. 사방에서 공격당하면 살아남지 못할 겁니다.]

암굴 속이라면 정면만 막으면 된다. 가는 길이 위험했다. 슈타이너도 그것을 아는지 한마디를 덧붙였다.

[5분 뒤에 길을 뚫겠습니다. 딱 한 번의 기회입니다. 놓치시면 저 여기 처박혀서 못 나가요!]

[걱정 마시죠. 놓치지 않습니다.]

"기사단장, 부기사단장."

"충!"

"5분 뒤에 암굴로 가는 길이 뚫리면 그곳으로 들어가서 멘티스들의 진입을 막아라."

"명을 받듭니다!"

전달을 끝낸 브레인이 암굴을 쳐다봤다. 녹색의 바다를 갈라 버릴 슈타이너의 한 수가 기대됐다.

*　　　*　　　*

우드드득!

슈타이너가 용투기를 끌어 올리면서 창을 말아 쥐었다. 어떤 방법으로 스킬을 사용해야 효율적인지를 고민하다가 포기했다.

바하무트나 그나 깊게 생각하고 움직이는 성격이 아니었다. 즉흥적으로 움직이는 스타일을 선호했다. 지금까지 그래왔고 앞으로도 그럴 것이다. 어지간한 스킬로는 길을 내지 못한다. 눈앞의 벌레 놈들을 확실하게 쓸어버릴 강력한 한 방이 필요했다.

"자, 마음 놓고 써보자."

무기에는 그 무기를 다루기 위한 기본기가 존재한다.

그중 창의 기본기는 지르기였다. 그 지르기를 시작으로 이런저런 응용 기술이 가능하게 된다. 고로 2차 전직 때는 능력 부족으로 소화해 내지 못한 스킬을 써보려 함이었다.

소닉 붐(sonic boom) : 오의.
천살창혼파(天殺槍魂波) : 하늘조차 죽이는 창의 물결.

암굴 내부를 꽉 채우는 창의 물결이 멘티스들을 밀어냈다. 파괴력과 규모 등의 모든 면에서 다모스 왕국 점령전 때를 훨씬 능가했다. 이것이 진정한 소닉 붐의 정화였다.

끼에에엑!

키아아아!

동굴을 뛰쳐나온 천살창혼파가 난폭하게 날뛰면서 녹색의 바다를 양분했다. 그 범위에 포함된 멘티스 전체가 몰살당했다. 밀집해 있었기에 그 효과가 몇 배로 증가했다.

스스스슥!

슈타이너의 감각에 암굴로 다가오는 기척이 느껴졌다. 브레인이 보낸 두 명의 마스터였다.

"여긴 저희에게 맡겨주십시오!"

"개미 새끼 한 마리도 못 들어가게 사수하겠습니다!"

"잘해봐!"

파아아앙!

고삐 풀린 슈타이너가 암굴 바깥으로 빠져나갔다. 그는 곧장 날개를 펼쳐 하늘 높이 솟구쳤다.

"몇 시간 동안 쳐 죽였는데도 저리 많다니, 너네는 이제 끝났어. 나의 봉인이 풀렸거든."

처억!

슈타이너가 창을 들어 올렸다. 창에서 흘러나오는 푸른 기운이 그를 감쌌다. 기운은 지속적으로 증가하더니 반경 수백 미터까지 퍼져 나갔다.

"해류발생!"

콰아아아!

지구 종말에서 나올 법한 해일이 멘티스들을 덮쳤다.

골짜기의 크기가 넓었기에 전체를 뒤덮을 수는 없었다. 대신 밀집도가 큰 곳을 겨냥해서 위력을 극대화시켰다.

어쭙잖게 공격하는 것보단 하나라도 제대로 하는 게 좋다.

슈타이너가 포션을 복용했다. 천살창혼파와 해류발생으로 용투력이 밑바닥을 드러냈기에 원상 복구시켜야 했다. 여기서 멈출 수 없었다. 가야 할 길이 멀고도 멀었다.

"현신."

황금빛이 번쩍이며 슈타이너가 본체로 현신했다. 천살창혼 파를 사용했기에 과부하를 피하려면 소닉 붐의 전반과 중반을 적절히 응용해야 했다. 멘티스의 수준이 약하므로 관리만 잘 해준다면 브레인의 도움을 받아 이곳의 일은 해결할 수 있을 듯했다.

"쇼타임!"

슈아아아앙!

지상으로 떨어져 내린 슈타이너가 몇 배로 커진 창을 휘둘 렀다.

창의 크기는 사용자와 비례한다. 해왕의 잔혹한 분노를 페 어리가 든다면 이쑤시개처럼 보일 테지만, 바하무트가 든다면 성벽도 박살 낼 기세의 공성병기가 돼버린다.

"크하하하!"

슈타이너가 전장을 지배했다.

나이트고 제너럴이고 그에게 걸리면 뼈도 못 추렸다. 멘티 스들이 가진 강점은 숫자뿐이었다.

으아아아!

오오오오!

아마란스 영지군이 해류발생에서 살아남은 멘티스들을 죽였다. 가만히 내버려 뒀다간 체력을 회복하고 아군을 공격할 것이다. 두 명의 마스터도 입구를 잘 막아내고 있었다. 이제 바깥은 대충 정리에 들어갔다. 남은 것은 바하무트와 샤칸의 전투였다.

*　　　*　　　*

콰콰콰쾅!

전투는 세 부류로 나눠졌다. 제너럴들과 폭룡무군, 샤칸과 실라우리스, 바하무트와 임페라토르였다. 첫 번째는 폭룡무군들이 다소 유리했다. 부대장급 용족은 299레벨이었다. 그들에 힘입어 승기를 잡아갔다. 두 번째도 샤칸이 실라우리스를 밀어붙였다.

인간 NPC의 특성상 399레벨이라도 약한 편에 속한다. 쉽게 말해 샤칸이 벨케루다인보다 강할 수는 없었다. 그러나 실라우리스와는 레벨 차이가 심했기에 그 격차를 메꿨다. 다만 마지막 세 번째의 바하무트는 임페라토르와의 전투에서 밀리고 있었다.

쓰거거걱!

"큭! 교활한 놈들."

임페라토르들은 교활했다.

바하무트가 자신들보다 강하다는 것을 알고 절대 흩어지지

않았다. 거머리처럼 붙어 서로가 서로를 보호했다. 폭화언령
술을 날려도 셋이서 상쇄시켰다. 한 마리가 밀리면 다른 한 마
리가, 다른 한 마리가 밀리면 또 다른 한 마리가 바하무트를 막
아섰다.

더군다나 지형의 악조건도 바하무트의 발목을 잡았다. 넓이
는 굉장히 넓은 편인데 높이가 낮았다.

도저히 공중전을 펼칠 만한 공간이 없었다. 지상에서 천장
까지 대략 30미터 정도였다. 인간의 기준에서는 높지만, 임페
라토르의 크기가 7미터였다. 팔 길이도 포함하면 날개를 펴나
마나였다. 그렇기에 폭룡무군도 전부 땅개로 변해 육탄전을
벌여댔다.

찌쩌쩌쩡!

수십 개의 진공파가 바하무트의 용투기를 후려쳤다. 붉은
스파크가 튀기면서 그가 뒤로 밀려났다. 밀리기는 해도 일방
적은 아니었다. 샤칸과 폭룡무군이 이길 때까지 기다린다면
저절로 이 상황을 타계할 수 있겠지만 그건 자존심이 허락지
않았다.

"살을 주고 뼈를 깎는다는 말이 있다. 네놈들에게 내 신체
일부분을 줄게. 대신 목숨을 내놔!"

바하무트는 이곳에서 대폭발을 일으키는 오 조합 스킬을 자
제했다. 반경 수백 미터를 초토화시켰다간 실라우리스의 레어
가 붕괴될지도 모른다.

그리되면 본인은 물론이고 폭룡무군과 샤칸이 휩쓸린다. 깊

이가 깊은 만큼 생매장당할 가능성이 높았다. 용족의 강대한 육체로도 짓누르는 압력을 뚫고 빠져나간다는 보장이 없었다. 지금도 그 생각은 여전했다. 그저 방법을 달리해 보려는 것뿐이었다.

"염왕대겁신, 화룡왕의 레프트 암."

불의 정령왕 이프리트의 힘을 빌려 1ᄆ분간 본신의 능력이 두 배로 증가합니다.

2ᄆ초 동안 화룡왕 크라디메랄드의 왼팔이 보유한 권능이 부여됩니다. 어떤 기술이든 자유자재로 사용할 수 있습니다. 단발 공격력에 한해서 데미지가 3ᄆᄆ% 증가합니다.

바하무트가 폭염에 뒤덮였다. 전력을 드러낸다는 증거였다. 성패 여부는 결과가 드러나 봐야 알 것이다. 성공하면 살 것이고, 실패하면 임페라토르들과 함께 죽을 것이다.

폭화 언령술 : 사 조합 스킬.
큰 대(大), 불 화(火), 굳셀 강(强), 장막 막(幕).
대화강막(大火强幕) : 크고 강한 불의 장막.

캬아아아!
대화강막이 대폭 강화되며 바하무트와 임페라토르를 외부

와 차단시켰다. 빠져나갈 곳은 없었다. 사방이 수천도의 불꽃으로 가로막혀 버렸다.

임페라토르들이 당황했다. 벗어나려고 대화강막을 건드렸다가 기겁하며 물러섰다. 강인하고 단단한 껍질이 그을리며 수포가 생겨났다. 까닥하면 흐물흐물 녹아 죽는다.

폭화 언령술 : 오 조합 스킬.
탈 초(焦), 뜨거울 열(熱), 큰 대(大), 땅 지(地), 옥 옥(獄).
초열대지옥(焦熱大地獄) : 열기조차 태우는 대지옥.

콰아아아!

염열지옥의 한계를 넘어서는, 초열대지옥의 열기가 바하무트를 중심으로 퍼져 나갔다. 원래라면 대화강막을 밀어내고 레어 전체를 집어삼켰어야 했다.

그러나 대화강막과는 달리 초열대지옥은 시간 초과 탓에 염왕대겁신의 효과는 받았지만 화룡왕의 레프트 암은 받지 못했다. 그 차이가 두 스킬의 불균형을 잡아줬다.

끼이이이!

대화강막 내부에서 머무는 열기가 서로 중첩되며 더더욱 뜨거워졌다. 임페라토르들이 끔찍한 비명을 내질렀다. 도저히 버틸 만한 기운이 아니었다. 그러다가 문득 바하무트에게로 시선을 고정했다. 열기 자체를 없앨 수 없다면 근원을 없애야 했다.

쿵쿵쿵쿵!

임페라토르들이 바하무트에게로 달려갔다. 조금 전까지 보여주던 협동심 따위는 저 멀리 내던졌다. 당장에 찢어 죽여서 이 상황을 타계해야겠다는 생각만으로 가득했다.

"질긴 놈들… 그냥 다 같이 죽자."

강화된 초열대지옥이라면 끝날 줄 알았다. 그런데 착각에 불과했다. 시간이 좀 더 지난다면 죽겠지만 아직은 버틸 만한가 보다. 이리되면 죽이 되든 밥이 되든 벌여놓고 봐야겠다. 설사 이곳에서 죽어도 브레인과 슈타이너가 있기에 정벌은 성공이었다.

"터져라!"

콰아아아아아앙!

응축된 열기가 용언에 힘입어 폭발했다.

오로지 내부에서만 이뤄졌다. 외부로는 영향을 미치지 않았다. 레드 드래고니언인 바하무트는 불을 다룬다. 굳이 폭화언령술이 아니더라도 여러 방향으로 응용할 수 있었다.

드드드드!

대화강막이 금방이라도 찢어질듯 출렁거렸다.

변화가 극심하다는 증거였다. 이윽고 두 스킬의 폭발이 가라앉으며 제어력이 풀린 대화강막이 사라졌다.

부글부글!

용암이 끓어오르며 새하얀 수증기가 뿜어졌다. 그사이로 시커멓게 그을린 바하무트가 흐릿하게 나타났다. 그의 화속성

저항은 만 단위였다.

그것을 뚫고 들어온 화상 데미지가 전신을 보호하던 용투기를 녹여냈다. 그 탓에 한계를 못 버티고 흩어졌다. 본체를 유지할 수는 있어도 용투기 전개가 금지됐다.

"으… 살긴 살았나……."

털썩.

바하무트가 자리에 주저앉았다.

바닥을 헤매던 생명력과 용투력이 자제 회복 능력에 힘입어 점차 차오르기 시작했다.

키이이이……

임페라토르가 구슬프게 울어댔다. 세 마리 중에서 두 마리가 죽고 한 마리가 살았다. 그나마도 제 모습을 갖추고 있지 못했다. 사마귀의 외형이 없어지고 종족 불명의 기형적인 외모를 띠고 있었다. 내버려 뒤도 죽겠지만 숨통을 끊어주는 게 예의였다.

투웅!

바하무트가 인비저블 보우를 꺼내 활시위를 메겼다.

예전에 멘티코어 킹 퀘스트를 완료하고 받은 이 활은 이날 이때껏 유용하게 사용했다.

퍼퍽!

몇 번의 시도 끝에 임페라토르의 몸통에 화살이 꽂히면서 지겨웠던 전투가 종료됐다.

"…2레벨이라니."

사마귀 초원에 진입하고서 고작 2레벨이 올랐다. 이건 임페라토르 세 마리의 경험치도 합산한 결과였다. 정말이지 더럽게 안 올랐다. 뭔 짓을 해도 제자리걸음이었다.

콰콰콰쾅!

바하무트가 폭룡무군 쪽으로 고개를 돌렸다. 저쪽도 거의 마무리가 되어갔다. 상대가 상대인만큼 상당한 숫자가 죽었다. 복구하려면 막대한 골드를 다시 투입해야 했지만 상관없었다. 죽어 있는 멘티스들의 아이템을 루팅하면 복구하고도 남는다.

"해제."

파팟!

본체가 해제되며 바하무트의 손놀림이 활발해졌다.

몸 상태를 되돌리려고 인벤토리를 왔다 갔다 했다. 전투는 어려워도 거동에는 문제가 없었다.

[형, 끝났어요?]

[나는 끝났다. 죽을 것 같아.]

[이쪽도 거의 정리돼 가는 중이에요. 영지군의 희생이 좀 커요. 거의 반 이상이 죽었어요.]

슈타이너에게서 파티 음성이 날아왔다.

이곳과 마찬가지로 바깥도 승리했다. 영지군의 반이라면 1만이 넘게 죽었다는 뜻이지만, 희생 없는 승리는 있을 수가 없다. 어차피 득과 실을 따졌을 때 득이 훨씬 많았다.

우우우웅!

슈타이너와 대화를 나누던 도중, 바하무트의 기감에 소름
끼치는 기운이 포착됐다. 다름 아닌 샤칸이었다.

[일단 알았다. 브레인 님이 알아서 하실 테니 넌 쉬고 있어.
전투가 끝나면 레어 내부도 조사해 봐야 하니까, 늦을지도 몰
라.]

[네, 형.]

바하무트가 급히 대화를 종료했다. 때마침 눈앞에서 샤칸과
실라우리스의 전투가 막바지로 치닫는 중이었다.

*　　　*　　　*

소울 블레이드가 넘실거리며 실라우리스가 휘두르는 두 쌍
의 낫과 연속적으로 부딪쳤다. 낫의 움직임은 인간의 신체구
조상 대응하기가 불가능할 정도로 변칙적이었다. 그러나 샤칸
은 아무런 무리 없이 막아냈다. 과연 399레벨의 울티메이트 마
스터다웠다.

[크악! 쥐새끼 같은 인간 놈!]

실라우리스는 자신의 공격이 계속해서 빗나가자 흥분했다.
스치기는 해도 유효타를 먹인 적이 한 번도 없었다. 오히려 샤
칸의 공격에 상처를 입어 행동이 점차 둔해졌다.

스거거거!

키아아아!

샤칸의 검이 실라우리스의 왼쪽 두개의 팔을 깊게 파고들었

다. 위쪽 팔은 거의 잘리기 직전이고 아래쪽 팔도 반 가까이 잘렸다.

거대한 육체를 지녀 타격 범위가 굉장히 컸다. 상대적으로 작은 샤칸과 비교하면 불리했다. 검의 변화가 미묘해서 어디로 공격이 올지 예측할 수 없었다. 반대로 낮은 샤칸의 목을 노리든 팔을 노리든 크기가 컸기에 대략적인 궤도 예측이 가능했다.

"후욱! 끝을 내자. 다들 기다리는 듯하니."

샤칸이 숨을 헐떡였다. 모든 면에서 실라우리스를 압도해도 체력만큼은 밀렸다. 전신이 가느다란 생채기들로 가득했다. 적은 치명상을 몇 군데나 입고서도 기세등등하게 날뛰었다. 지지는 않겠지만, 시간 끌어서 좋은 것은 없었다. 속전속결이 필요했다.

즈즈즈즈!

샤칸이 검을 흔들었다. 소울 블레이드가 그림자처럼 따라붙으며 춤을 췄다. 검의 궤적에 따라 생기는 현상이라 전부 실체였다. 살짝 대기만해도 육체가 분쇄될 것이다.

[네놈을 죽이고 저 뒤의 용족들을 몰살시켜 주마!]

"난, 나보다 약한 놈에게 죽지 않는다. 속에 품은 영단을 내뱉어라. 실라우리스."

부아아앙!

춤추던 검이 살기를 드러내며 실라우리스의 시야를 뒤덮었다. 사마귀의 겹눈 하나하나에 검이 스며들었다. 곤충의 동체

시력으로도 파악하기 어려웠다. 많고 다양했다.

우득!

실라우리스의 육체가 부풀었다.

그 모습을 지켜보던 바하무트가 날개를 펼쳐 도망쳤다. 동영상 속의 임페라토르가 펼쳤던 그 공격이었다. 팔 두개를 다쳐 위력이 반감되겠지만, 조심해서 나쁠 것은 없었다.

콰콰콰콰!

실라우리스의 낫이 파공성을 발생시켰다. 유형화된 풍압이 겹눈에 스며드는 샤칸의 검을 박살냈다.

그 여파로 일정 반경에 존재하는 모든 물질이 분쇄기에 집어넣은 종이처럼 갈기갈기 찢어졌다. 언뜻 무승부로 끝나는 듯했다. 그런데 결정적인 한 수가 승패를 갈라놨다.

파앗!

샤칸이 들고 있던 검을 던져 실라우리스의 눈에 박아 넣었다.

이것이 그가 노렸던 실체였다. 검과 낫이 사력을 다하고 남은 틈을 파고든 것이다.

캬아아악!

실라우리스가 울부짖었다. 어마어마한 고통과 함께 시야가 마비됐다. 순식간에 세상이 반 토막 났다.

[어디, 어디 있느냐?]

반 토막 난 세상에는 샤칸이 안 보였다. 당연했다. 그는 실라우리스가 더는 볼 수 없는 세상에서 그녀의 목줄을 노렸으니까.

푸악!

키아아아!

검이 뽑혔다. 그냥 뽑은 것도 아니고 뽑는 힘을 이용해서 내리그었다. 치명타가 터지면서 실라우리스가 휘청거렸다. 그리고 생애 마지막으로 듣는 음성이 귀를 스쳐 지나갔다.

"내가 말했지? 그 인간 놈에게 오늘 죽을 거라고."

[이놈!]

쓰거거걱!

쿠웅!

검에서 분출되던 소울 블레이드가 실라우리스의 목을 잘라버렸다. 인간보다도 큰 머리통이 떨어지며 꿍음이 울려 퍼졌다.

퓨슈슈숙!

매끄럽게 잘린 절단면에서 피가 치솟았다. 실라우리스의 육체는 머리를 잃은 영향으로 부들부들 떨다가 이내 나자빠졌다.

철컥!

샤칸이 검을 집어넣고는 시체 이곳저곳을 뒤졌다.

유저였다면 아이템을 주우면 되지만 그는 NPC였기에 필요한 것을 스스로 찾아내야 했다.

"찾았다……."

샤칸은 본인 주먹의 두 배만 한 초록색 구슬을 정성스레 갈

무리했다. 실라우리스의 영단이었다.

이 영단을 얻으려고 이곳까지 찾아왔다. 혼자라면 해내지 못했을 것이다. 바하무트가 있었기에 원하던 목표를 이뤄냈다.

"끝났습니까?"

"고맙네. 자네 덕분일세."

"영단이라… 원하는 게 그거뿐인지? 다른 것들은 필요 없습니까?"

"난 이거면 만족하네. 듣기로 신의 축복자들은 몬스터의 시체에서 아티팩트를 추출할 수 있다 하던데, 모두 자네가 갖도록 하게. 선물도 따로 줄 테니, 부담 갖지 말게."

"좋습니다."

바하무트는 제안을 사양하지 않았다. 그는 폭룡무군에게 멘티스들의 시체를 한곳으로 모으라고 명령했다.

시체가 떨어져 있다면 일일이 주워야 하지만 한곳에 몰려 있다면 전체 루팅이 가능하다.

무게 한도에 걸리지 않도록 인벤토리와 아공간을 잘 분배했다. 그리고는 레어 내부에 의심될 만한 부분이 없는지 알아보라고 했다. 폭룡무군은 시체를 모아놓고는 사방으로 흩어졌다. 숫자가 줄었어도 족히 삼사백은 됐다. 웬만한 위협쯤은 버텨낼 터였다.

"나갈 텐가?"

"급하신 일이라도 있으십니까?"

"당장은 급하지 않네."

영단을 얻겠다고 다짐했던 예상 시간보다 며칠이나 빨랐다. 그러므로 시간적 여유가 충분했다.

"그럼 기다려 주셨으면 합니다. 이런 넓이의 레어라면 뭐라도 나오긴 나올 것 같거든요."

"흠, 그것도 그렇군."

무려 350레벨 몬스터의 보금자리였다. 그것도 대규모 단체 서식처였다. 뒤지다 보면 쓸 만한 거 하나쯤은 나오게 마련이었다. 폭룡무군을 보냈으니 금세 소식이 올 것이다.

36장
루펠린의 제국 선포

Explosive
Dragon King
Bahamut

꽈드드득!

흙바닥과 마찰되는 상자들에 의해 먼지가 피어올랐다. 자그마치 수백 개였다. 영지군은 사람 몸뚱이만 한 상자 수백 개를 지상으로 끌어당기고 있었다.

바하무트의 예상대로 실라우리스의 레어에는 값비싼 물품이 가득했다.

고가의 장비나 스킬북이 아니었다. 멘티스들이 서식하면서 하나둘씩 모은 재료 아이템이었다.

유저들의 아공간에는 장비 종류의 아이템만 들어간다. 인벤토리로는 재료 아이템의 무게를 수용하는 게 불가능했다. 정벌전에 참여한 유저라 봐야 바하무트를 포함해서 세 명뿐이었

다. 그렇기에 편하게 옮길 수 없다면 질질 끌어서라도 가져가
야 했다.

"풍년이네요."

"확실히, 영지군의 반절을 잃었지만 얻은 것을 계산하면 잃
은 쪽의 수십 배가 넘습니다."

아이템은 메인에 따라오는 샘플 정도였다. 사마귀 초원의
광활한 영토야말로 이번 전쟁의 최대 전리품이었다. 영지군이
실제 사람이었다면 그 엄청난 희생으로 가슴이 아팠을 것이
다. 그러나 NPC는 가상의 존재였다. 가상과 현실을 혼동해서
는 안 된다.

"저건 어쩌실 생각이십니까?"

"흠······."

브레인이 가리키는 곳, 바하무트가 넌지시 시선을 줬다. 그
의 키만 한 누에고치가 놓여 있었다. 원래는 레어 깊숙한 곳에
서 부화할 날을 기다려야 했건만, 불청객의 손에 강제로 뜯어
졌다. 고정시켜 주는 부분만 떼어냈기에 본체에는 영향이 없
었다.

두근두근.

알이 사람의 심장처럼 일정한 박동을 유지했다.

스스로 살아 있다는 걸 증명했다. 멘티스들을 이끌 차세대
여왕인 실라우리스의 알이었다.

"없애야겠습니다."

"같은 생각입니다. 방치했다간 무슨 일이 벌어질지 모릅니다. 350레벨의 괴물이라니 끔찍하군요."

화르르륵!

바하무트가 용투기를 전개했다.

고통을 느낄 새도 없이 불태워 죽이려는 속셈이었다. 그 모습에 주변 인물들이 뒤로 물러섰다.

우지지직!

"어?"

"어라?"

바하무트가 일격을 가하려던 쯤, 돌연 고치 속에서 날카로운 낫이 튀어나와 고치를 잘라 버렸다. 그 모습을 지켜보던 슈타이너 등이 눈을 동그랗게 떴다. 잘린 고치가 양옆으로 활짝 벌어지며 나이트와 비슷한 덩치의 멘티스가 한 마리가 나타났다.

키에에에!

실라우리스의 후계자 세실리아가 죽음의 위협을 느꼈습니다. 그녀는 죽음을 피하고자 미성숙한 상태에서 부화했습니다. 여왕의 죽음으로 흩어졌던 멘티스들이 그녀의 울부짖음을 듣고 모여들고 있습니다. 세실리아는 당신과의 전쟁을 원치 않습니다. 절망의 평원은 강하면 살고 약하면 죽는 약육강식의 세상, 이는 자연의 섭리입니다. 그녀를 보내준다면 멘티스 일족을 이끌고 이곳에서 벗어날 겁니다.

"그런가?"

파앗.

고민하던 바하무트가 용투기를 풀었다. 세실리아의 의도가 불순했다면 죽였겠지만, 살고 싶다는 의지가 간절했다. 몬스터라도 상황이 이리되니 죽이기가 껄끄러워졌다.

"내 말을 알아들으면 여기서 떠나라. 네가 무사히 자란다면 절망의 평원에서도 걱정 없이 살 것이다."

"키이이이!"

세실리아가 뒤도 안 돌아보고 도망쳤다.

생각이 언제 바뀔지 모르기에 기회가 있을 때 최대한 거리를 벌려놓으려는 속셈이었다.

"교활한 녀석이네요."

"교활해도 죽이기가 조금… 뭔가 좀 매정해 보이기도 하고… 남는 것도 없을 것 같네요."

세실리아는 갓 태어난 주제에 230레벨의 좌절 등급이었다. 죽인다면 유니크 한두 개는 줄 것이다. 평범한 유저들에게는 그것만도 감지덕지겠지만, 바하무트에게는 있으나마나였다. 그냥 살려주는 게 보기도 좋고 마음도 편했다. 가치란 상대적인 것이다.

두두두두!

지축이 울리며 살아남은 멘티스들이 세실리아가 도망친 쪽으로 대규모 이동을 시작했다. 저 정도의 병력이라면 쉽게 자리 잡을 수 있을 터였다. 설사 한순간에 몰살당한대도 바하무트와는 상관없었다. 할 만큼 했으니 나머지는 멘티스들의 운명이었다.

*　　　*　　　*

사마귀 초원 곳곳에 아마란스의 깃발이 꽂혔다. 정벌전을 성공적으로 끝마친 바하무트가 돌아왔다. 그의 승전보가 사방으로 퍼지면서 영지 분위기가 급상승했다. 바하무트는 흥을 더하려고 상당량의 자금을 들여 영지민에게 풍성한 축제를 베풀었다.

그리고는 정벌전에서 돌아온 병사들과 전사한 병사들의 가족에게 공적 수치를 따져 500~1,000골드를 지급했다. 아깝다는 생각은 안 들었다. 베풀면 돌아오게 마련이었다. 축제는 축제대로 잘 돌아갔고, 현재 바하무트 일행은 그들만의 정산을 진행했다.

"약속대로 도와준 보답을 하겠네. 원하는 게 있는가?"

"아티팩트 같은 걸 원하는 게 아닙니다. 혹시, 당신을 다시 만날 방법이 없습니까?"

브레인은 필요 없는 히어로 아이템을 받기보다 샤칸과의 관계를 돈독히 다지는 게 어떻겠냐는 쪽으로 의견을 제시했다. 바하무트도 찬성했다. 그쪽이 훨씬 유용할 듯했다. 샤칸을 만나는 게 괜히 하늘의 별따기가 아니었다. 그는 신출귀몰 그 자체였다.

"다시 만날 방법? 원래는 내 위치를 알려주지는 않지만, 자네에게는 빚을 졌으니… 언제든지 내 도움이 필요하면 이 수정 구슬을 깨뜨리게. 이걸 깨뜨리면 내가 오겠네."

샤칸은 바하무트에게 어린아이 주먹크기의 작은 수정 구슬을 건네줬다. 서로의 위치를 알 수 있는 아이템이었다.

바하무트는 그것을 인벤토리에 집어넣었다. 돈 주고도 못 구한다는 샤칸과의 교류였다. 한 번으로 끝날지 연이 닿아 두 번이 될지는 모른다. 이만하면 충분히 만족했다.

"가도록 하겠네. 연락을 기다리지."

"혹시, 제가 도울 일이 있다면 제 영지를 찾아오시면 됩니다. 가능한 내에서는 최선을 다하겠습니다."

샤칸이 슬쩍 미소 지으며 바하무트의 영주성을 벗어났다.

용투기를 전개해서 기감을 확장시킴에도 채 백 미터를 넘기지 못하고 기척을 놓쳐 버렸다.

"흐암, 그래도 이틀 남았네요?"

"웅, 쉬다가 올라가면 된다. 왕명만 아니면 안 가는데, 바글바글하겠지? 복잡하겠다."

슈타이너가 하품을 했다. 바하무트는 그를 보며 가기 싫다는 속내를 드러냈다. 왕궁으로 가기까지 이틀의 여유가 남았다.

현실이라면 비행기를 타고 갈만큼 먼 거리였지만 가상이었기에 텔레포트 몇 번이면 직방이었다. 푹 쉬다 당일 날 출발해도 늦지 않는다. NPC든 유저든 간에 루펠린의 귀족이란 귀족은 죄다 몰려올 것이다. 북적거릴 것을 생각하니 골치가 아파 왔다.

"오후 전에 입궁하면 되죠?"

"웅, 나가게?"

"네. 이틀 뒤 오전에 들어올 테니 그때 봐요."

"알았다."

슈타이너가 로그아웃했다. 모든 사람이 그렇고 언제나 그러하듯, 일이 끝나면 피로가 몰려온다. 즐기는 게임이라고 말처럼 즐겁지만은 않다. 스트레스는 항상 뒤따른다.

"브레인 님은요?"

"저야 뭐, 싸운 것도 아니고 꼬박꼬박 휴식하면서 놀고먹었는걸요. 아직 팔팔합니다."

말도 안 되는 소리였다. 브레인이야말로 정벌전의 일등공신
이었다. 바하무트와 슈타이너는 적이 나타날 때마다 깔짝깔짝
싸운 게 전부였지만, 그는 처음부터 끝까지 모든 것을 챙기느
라 많은 심력을 소모했다. 아마 누구보다 피곤하고 힘들 것이
다.

"농담하지 마세요."

"들켰군요. 사실 쓰러지기 일보 직전입니다. 그레이슨에게
몇 가지 간단한 지시만 해놓고 나가려고 합니다. 저희가 영지
를 비우는 동안 발전이 늦어진다면 아까우니까요."

바하무트가 고개를 끄덕였다. 왕궁행의 정확한 기간은 정해
지지 않았다. 그러나 발전은 빠르면 빠를수록 좋다. 자투리 시
간을 잘 활용한다면 종국에는 커다란 밑거름이 되어준다. 매
사에 꼼꼼한 브레인으로서는 그걸 피곤하다고 저버릴 수가 없
었다.

"그레이슨을 만나러 가겠습니다. 먼저 들어가세요."

"네."

바하무트의 모습이 흐릿해졌다.

브레인이 그레이슨의 집무실로 이동했다. 끝내면 잠부터 자
야겠다. 잠은 보약이었다.

*   *   *

왕궁행 당일.

아마란스 영지의 중앙 분수대로 바하무트 일행이 모였다. 출발 인원은 세 명이었다. 각 영지에 설치된 포탈을 이용한다면 몇 시간 내로 왕궁에 도착할 수 있었다. 하급 귀족들은 참석 자체에 의의를 두지만, 바하무트와 슈타이너는 상황이 조금 달랐다.

둘 다 고위 귀족이며 특히 바하무트의 직책은 후작이었다.

그것도 평범한 후작이 아닌 울티메이트 마스터였기에 참석해서 해야 할 일이 꽤 많았다. 하루 전 라이세크에게 들은 이야기였다.

자세한 사항은 도착하면 알려준단다. 브레인의 예상으로는 그의 직책상 국왕이나 다른 울티메이트 마스터들과의 면담이 진행될지도 모른다고 했다. 바하무트는 그러려니 하고 넘어갔다. 가만있어도 알게 될 일이었다. 벌써부터 신경 쓰고 싶지 않았다.

"라이세크는 어디 있대요?"

"왕궁 내부, 후작 이상의 최고위 귀족만이 머물 수 있는 별채에 있다더라. 너는 못 들어가."

"컥! 안 돼!"

못 들어간다는 말에 슈타이너가 소리쳤다. 브레인도 내심 아쉽다는 표정을 지었다.

"농담이야. 너는 전공 때문에 들어갈 수 있고, 브레인 님은 내가 데리고 들어가면 된다."

슈타이너는 영지 관리에 소홀해서 그렇지 공적치로 따지자면 루펠린 전체에서 바하무트와 라이세크 다음이었다.

어지간한 중소 길드의 공적치를 통째로 합쳐도 그의 반에도 못 미쳤다. 그뿐만이 아니었다. 밝혀지지는 않았지만, 2차 전직에서 3차 전직을 해버렸다. 300레벨을 넘었기에 그도 NPC의 기준에서는 울티메이트 마스터였다. 밝혀진다면 난리가 날 것이다.

"환영식 장난 아니겠죠?"

"아마? 라이세크에게 듣기로는 플레이포럼 방송국에서도 특종으로 내보낼 거라더라."

플레이포럼 방송국은 포가튼 사가만을 중점적으로 다룬다.

TV채널 하나를 빌려 유저들에게 유용한 정보를 포함한 각종 볼거리를 제공해 준다. 오크로드, 죽은 자들의 왕국, 다모스 왕국 점령전의 퀘스트도 채널을 통해 방영됐다.

유명 유저치고 방송을 안 타본 존재는 거의 없었다. 섭외를 통한 인터뷰와 특집으로 방송되지만, 몇몇은 섭외를 거절하고 동영상으로만 얼굴을 비췄다. 대표적으로 바하무트가 그러했다. 이렇듯 흥미를 유발시키므로 인기를 끌 수밖에 없는 시스템이었다.

루펠린의 제국 선포라면 SS등급 퀘스트와 비슷한 가치를 지닌다. 모두가 알다시피 루펠린에는 대륙십강의 세 명이 존재했다. 방송국으로서는 놓치기 아까운 먹잇감이었다.

"라이세크도 299찍었겠죠?"

"글쎄? 대충 시기는 맞아떨어지는데, 확실히는 모르겠다. 자세한 건 만나보면 알겠지."

꽤 많은 시간이 흘렀다.

당시 라이세크의 레벨과 흐른 시간을 비교하면 못해도 299 레벨의 언저리는 찍었을 터였다.

"9시입니다."

"가자."

"출발!"

바하무트가 포탈을 탔다.

슈타이너와 브레인도 연이어 몸을 실었다.

목적지가 같았기에 서로 기다려 준다거나 할 필요는 없었다. 포탈에서 빠져나오는 대로 옮겨 탔다. 다시 얼굴을 마주볼 때면 루펠린 수도 펠젤루스에 도착해 있을 것이다.

*　　　*　　　*

펠젤루스.

헬렌비아 제국 다음으로 강력한 국력을 자랑하는 루펠린의 수도이다. 대륙에서 세 손가락 안에 꼽히는 대도시답게 상주 인원이나 유동 인구가 어마어마하다.

지금만 해도 펠젤루스의 중앙광장에는 유저들과 NPC들의 방문 행렬이 끊임없이 이어졌다. 그런데 그 숫자가 평소보다 많았다. 몇 배라 칭할 정도는 아니었지만, 족히 10~20%는 증가한 듯했다. 그리고 그 속에는 바하무트 일행도 포함되어 있었다.

[북적거리네요.]

[그냥 몸뚱이만 끌고 오면 될 것을, 저놈들은 뭘 저리 덕지덕지 데려온대? 복잡하게시리.]

슈타이너의 말대로였다. 귀족 유저들은 혼자오지 않고 기사나 병사 등의 수행 인원을 데려왔다. 개뿔도 없으면서 겉멋만 잔뜩 든 것이다.

후작 급의 고위 귀족인 바하무트도 혼자 왔다. 빈 수레가 요란하다더니, 딱 그 짝이었다. 어쨌거나 그런 놈들 덕분에 중앙 광장은 발 디딜 틈 없이 인산인해를 이루었다.

띠딩!

바하무트가 중앙광장을 벗어날 때쯤이었다.

알림음이 울리면서 음성 대화가 날아왔다. 발신자가 누구일지는 뻔했다. 라이세크였다.

[왜?]

바하무트가 단답형으로 말했다. 짧고 간결했지만 용건에 대한 궁금증이 담겨 있었다.

[국왕을 만나기 전에 할 말이 있다. 중요한 말이니까 귀찮더라도 나한테 좀 들러라. 성문을 관리하는 기사에게 말을 걸면 나에게로 안내해 줄 거다. 기다리고 있겠다.]

[그래.]

길게 끌 필요가 없는 대화였다. 할 말이 있단다. 찾아가면 그만이었다. 나머지는 만나서 해도 충분했다.

한참을 걷다 보니 왕궁으로 통하는 커다란 성문이 나타났다. 그와 동시에 일렬로 서서 자신의 입장 순서를 기다리는 귀족들도 눈에 들어왔다. 줄이 꼬리에 꼬리를 물었다.

터벅터벅.

바하무트가 성문을 관리하는 기사에게 다가갔다. 기사는 그가 다가오자 하던 일을 멈췄다. 라이세크가 해놓은 말도 있고, 그 정도의 귀족이면 굳이 줄을 서지 않아도 된다. 루펠린에 셋뿐인 울티메이트 마스터였다. 국왕조차 함부로 대할 수가 없었다.

"무슨 일인가?"

"아마란스의 영주 바하무트 후작이다."

스윽.

바하무트가 아마란스 영지의 증표를 건네줬다. 기사는 증표를 받고 이리저리 살펴보다 눈을 부릅떴다.

국왕의 옥쇄가 찍혀 있는 진품이었다. 국가나 특정 단체에서 발급되는 증표에는 그 유저에 관한 정보가 고스란히 내장된다. 그렇기에 NPC들은 그것을 바탕으로 보유자의 기록을 파악할 수 있었다. 현실로 따지자면 주민등록증과 같은 개념이었다.

"일동 차렷! 충! 바하무트 후작님을 뵙습니다!"

"후작님을 뵙습니다!"

기사의 외침에 병사들이 부동자세를 취했다.

조금 전까지 원활하게 이어지던 검문이 한순간에 정지됐다. 그 어떤 귀족도 불평불만을 토로하지 못했다. 장내가 조용해지며 호기심 어린 눈빛들이 한곳으로 쏠렸다.

"바하무트?"

"거물께서 납시셨군."

"저자가 폭룡왕 바하무트라면 뒤에 있는 둘 중 한명이 황금의 학살자 슈타이너인가?"

유저들이 나지막하게 중얼거렸다. 다들 한가락 하는 실력자들이었기에 지나친 관심을 표하지는 않았다. 자존심이 있다는 뜻이었다.

현재 왕궁 주변은 철저히 통제되는 중이었다. 어중이떠중이들은 접근할 수가 없었다. 이것만큼은 다행이었다. 포가튼 사가 내의 대륙십강은 해외의 유명 배우 이상 가는 인기를 자랑한다. 그중에서도 랭킹 1위의 바하무트는 단연 독보적인 존재였다.

"저, 저기! 플레이포럼 방송국에서 나왔습니다! 바하무트님! 인터뷰 좀 부탁드립니다! 고위 귀족이신만큼 루펠린의 제국 선포에 많은 정보를 알고 계시리라고 봅니다!"

"멈춰라!"

"감히! 이분이 뉘신 줄 아느냐? 물러서지 않는다면 차가운 감옥에서 썩게 만들어주겠다!"

바하무트가 막 입장하려던 찰나였다.

어딘가에 숨어 있던 플레이포럼의 기자들이 특종의 기회를 발견하고 득달같이 달려 나왔다. 그러나 검문하던 병사들의 협박에 입만 나불댈 뿐 가까이 접근하지 못했다.

"직업 정신이 투철하네요."

"그런가? 어서 들어가자."

바하무트 일행이 기자들을 뒤로하고 성문을 통과했다. 그제야 중단됐던 검문이 정상적으로 진행됐다.

기자들이 아쉬운 포정을 지으면서 물러났다. 평소에는 모습을 드러내지 않고 수박 겉핥기식으로 정보를 모은다. 그러다가 대박의 냄새를 맡으면 본격적으로 파고들었다. 그들의 끈기와 집념은 무시무시했다. 마치 먹이를 노리는 하이에나처럼 말이다. 병사들이 없었다면 지겹게도 따라붙었을 것이다.

바하무트 일행은 기사의 안내를 받아 라이세크가 묵고 있는 별채로 이동했다. 무척이나 크고 화려했다. 왕궁 내부에 작은 마을이 있는 듯했다. 고위 귀족에게만 배정되는 숙소답게 고급 여관 못지않았다.

"이곳입니다. 곧 보고를 드릴 테니 잠시만 기다려 주십시오."

"음."

기사가 안내한 곳은 고위 귀족의 숙소 중에서도 최고 수준이었다.

라이세크가 루펠린 내에서 어느 정도의 위치에 올라섰는지를 단편적으로 보여줬다.

"공작 각하! 바하무트 후작님과 슈타이너 백작님께서 오셨습니다."

"들어와."

덜컥!

라이세크의 허락이 떨어지자 문이 저절로 열렸다.

기사가 안으로 들어가라며 손짓했다. 바하무트와 슈타이너가 거리낌 없이 들어갔다.

'침착, 침착하자.'

브레인이 심호흡을 했다. 다른 대륙십강과는 마주한 적이 없었다. 아니, 마주할 기회조차 없었다.

게임 인생이 이렇게 변하리라고는 생각지도 못했었다. 둘은 자유분방하고 정이 많아 대하기가 편했지만, 만나야 할 라이세크는 거대 길드의 길드장이었다. 바하무트는 그가 괜찮은 사람이라고 말했다. 그러나 길드를 이끌다 보면 정보다는 계산적으로 움직일 때가 많았다. 그렇기에 파티에 누가 되지 않도록 정신을 바싹 차려야 했다.

* * *

'이 사람이 폭풍의 마검?'

라이세크의 첫인상은 상당히 좋았다. 거만하지도 않고 정중했다. 브레인은 그를 포럼의 동영상에서만 봤다. 애당초 그가 대륙십강을 실물로 볼 일은 없었다. 인사를 해야 했지만, 바하무트와 회포를 푸는 중이었다. 기회는 생길 것이다. 기다리면 된다.

"오랜만이다. 통 연락이 없던데, 뭐하며들 지냈나?"

"이것저것 바빴다."

라이세크가 바하무트 일행을 반갑게 맞이했다. 예나 지금이나 그의 행색은 별반 달라지지 않았다. 이해할 수 있었다. 레벨업을 해봐야 299였다. 성장 폭이 매우 좁았다. 2차 전직 이후 유니크를 세팅하면 3차 전직 전까지는 웬만해선 바꿀 일이 없었다.

"너 레벨 몇이냐?"

슈타이너는 라이세크를 보자마자 레벨부터 물어봤다.

라이세크는 원인 모를 불안감에 휩싸였다. 말해주면 후회할 듯한 기분이 무럭무럭 치솟았다.

"그건 왜 묻지?"

"후후! 너 아직 3차 전직 못했지? 2차 전직이지? 맞지?"

"…3차 전직을 했나 보군."

슈타이너는 이미 먼 옛날에 299레벨을 달성했다. 더군다나 그의 옆에는 바하무트가 있었다.

이쯤이면 3차 전직을 했으리라 예상했다. 그런데 막상 사실을 확인하니 씁쓸했다. 예전에는 인정하지 못했지만, 이제는 인정했다. 대륙십강 간에도 격차가 존재한다는 것을.

"한 달 조금 안 됐다. 그래서 넌 몇인데?"

"293, 200레벨 후반에 들어오니 그때부터 레벨업을 하는 건지 삽질을 하는 건지 모르겠다."

바하무트와 슈타이너도 인정했다. 겪어봤던 일이었다. 후반에 들어서면 경험치가 몇 배로 뻥튀기돼서 제자리걸음을 반복한다.

6레벨이 남았다면 퀘스트 없이 열심히 사냥한다는 전제하에 넉넉잡아 한 달이면 가능할 것이다. 정체되느냐 발전하느냐는 그 순간 시작이었다. 바하무트는 운이 좋아 한 번에 3차 전직을 했지만, 슈타이너는 창술의 대가 탓에 반년 가까이를 까먹었다.

"299 찍으면 연락해라. 도와주마."

"정말이냐?"

바하무트의 말에 라이세크가 반색했다.

내심 그 말을 원하고 있었다.

퀘스트가 슈타이너처럼 더럽게 걸린다면 어려워도 심한 제약이 따르지 않는다면 가능했다.

"너 좀 키워놔서 도움 받아야 할 일이 있거든."

"도움?"

"응. 우연한 기회로 퀘스트 하나를 얻었는데, 나와 슈타이너의 실력으로는 깨지 못해."

"뭐, 뭐?"

라이세트가 헛숨을 들이켰다. 현재의 바하무트라면 과거에 셋이 피똥 싸가며 완료했던 히드라 퀘스트도 혼자 완료한다. 해석하자면 SS급 이상의 퀘스트라는 뜻이었다.

"형, 공유시켜 줘요. 저 녀석 똥 싸는 모습 좀 보게."

"그럴까?"

"웃기지 마라. 난 거센 바람 길드의 수장이다. 그런 추한 모습은 보이지 않는다. 헉!"

퀘스트가 공유됐다.

의기양양하던 라이세크가 내용을 보고는 입을 닫아버렸다. 딸꾹질이 나올 것만 같았다.

"이, 이걸 어떻게?"

"말했잖아? 우연한 기회로 받았다고, 어쨌거나 그 퀘스트 너도 참여하는 거다? 전멸할 가능성이 크지만, 도전 정도는 해봐야지. 보상은 확실히 해줄 테니 걱정하지 마라."

바하무트가 공유창이 내렸다. 라이세크는 충격이 안 가시는지 멍한 표정을 내지었다.

짝!

"정신 차려, 이 친구야."

"아? 미안하다."

슈타이너가 그의 눈앞에 대고 손뼉을 쳤다. 그제야 라이세크는 상상의 세계에서 현실로 돌아왔다.

그리고는 바하무트를 쳐다보며 생각했다. 랭킹 1위라도 개인플레이를 즐기는 유저였다. 그런데 수만, 수십만의 길드원을 보유한 거대 길드의 수장도 모르는 정보를 속속 알고 있었다. 레벨이 높아서 그런 건지 따로 딴 주머니를 찬 건지 헷갈렸다.

"자세한 대화는 루펠린의 일이 끝나고서 나눠보자."

"알았다. 그나저나, 저분은 누구시냐? 너희 둘이 타인을 데리고 다니는 건 처음 본다."

라이세크의 시선이 브레인에게로 향했다.

바하무트는 아차 싶었다. 대화에 열중한 나머지 그의 존재를 까먹었다.

스슥.

브레인은 자신이 소개할 때가 왔음을 느꼈다.

그가 옷매무새를 가다듬었다. 게임이라 흐트러짐이 없음에도 무의식 적에 나오는 습관이었다.

"인사해라. 이쪽은 브레인 님이시다."

"브레인이라고 합니다. 바하무트 님께 말씀 많이 들었습니다."

"거센 바람 길드장인 라이세크라고 합니다. 뜻밖이군요. 바하무트가 누군가와 함께하다니."

라이세크가 브레인을 살펴봤다.

대놓고 살피는 건 실례였기에 행동이 조심스러웠다. 겉모습만으로는 직업이 애매했다. 장비 상태는 상급, 전투 계열로는 안 보였다. 말인 즉, 보조 계열일 가능성이 높았다.

"바하무트 님과는 절망의 평원에서 만났습니다. 당시 슈타이너 님께서는 3차 전직 위해 그곳을 탐색하셔야 했습니다. 두 분은 길 안내에 능한 길잡이 고용 공고문을 올리셨고, 그것을 본 제가 지원하게 된 겁니다. 그 인연이 지금까지 이어지고 있습니다."

"길잡이? 길잡이라면… 지리학자? 지도제작자? 산악인?"

"맵퍼, 지도제작자입니다."

"맵퍼라……."

맵퍼나 지도제작자나 같은 이름이었다.

그저 다르게 부르는 것일 뿐이었다. 대체로 길잡이 계열은 키우기가 어려워서 1차 전직도 전에 떨어져 나가는 최악의 직업이었다. 라이세크의 산하에도 길드의 지원을 받는 길잡이가 꽤 있었다. 그렇기에 길잡이란 직업에 대해 나름 잘 아는 편이었다.

"야, 너희 길드에 2차 전직 길잡이가 있냐?"

"2차 전직? 길잡이가 2차 전직? 199레벨로 키워놓기도 빠듯하다. 그런 게 있을 턱이, 아!"

라이세크는 거대 길드의 수장이었다. 슈타이너가 무슨 의도로 저런 말을 하는지 금세 파악하고는 감탄을 터뜨렸다.

꽤 오래전 일이었다. 헬렌비아 제국 쪽에서 2차 전직 맵퍼가 탄생했다는 소문을 들었다. 워낙에 많은 유저가 목격했었단다.

"설마, 브레인 님이?"

"네, 제가 헬렌비아 제국에서 2차 전직을 한 맵퍼가 맞습니다. 모두 두 분 덕분이죠."

라이세크의 표정이 놀라움으로 물들었다. 요즘 들어 새로운 2차 전직 유저가 속속들이 등장했다.

한동안 정체되어 있던 벽이 무너지기 시작한 것이다. 그러나 전투 계열에게만 해당될 뿐, 보조 계열에는 해당되지 않았다.

브레인이 최초였다. 라이세크는 처음 2차 전직 맵퍼가 탄생했다고 했을 때 뜬소문이라고 여겼었다. 대부분의 사람이 그러하듯 그도 자신의 눈으로 보기 전에는 믿지 못하는 성격이었다. 현실도 그렇지만 게임만큼 거짓말이 난무하는 곳도 드물었다.

그런데 거짓말이라 생각했던 소문의 유무가 사실로 드러났다. 그것도 바로 눈앞에 있었다.

"브레인 님이라고 하셨죠?"

"네."

"혹시, 실례가 되지 않는다면 지역탐색 스킬의 반경이 어떻게 되시는지 알려주실 수 있으십니까? 저희 길드의 맵퍼들이 예상하기로는 킬로미터 단위가 넘을 거라던데."

"그야 어렵지 않습니다."

브레인이 스킬 창을 켰다.

지역탐색의 반경 수치를 확인하기 위해서였다. 2차 전직 이후 레벨이 급속도로 올라갔다. 어둠의 미궁과 사마귀 초원 덕분이었다. 당연하겠지만 스킬의 숙련도도 날이 갈수록 증가했다. 지역탐색 반경이 하루가 다르게 바뀌어서 그도 정확하게 몰랐다.

"지금… 1.21킬로미터네요."

"맙소사! 대체 레벨이 몇이시기에?"

"253입니다."

라이세크가 입을 쩍 하고 벌렸다.

말이 1.21킬로미터지 저만하면 숫제 움직이는 레이더였다. 어지간한 던전이나 사냥터쯤은 손바닥을 보듯 훤히 꿰뚫을 것이다. 레벨도 경악스러웠다. 253이면 자신과 40차이였다. 그가 2차 전직을 한 시기를 떠올리면 이렇게 빨리 53레벨을 올리는 건 불가능했다. 이게 다 바하무트 때문이었다. 그를 따라다니면서 경험치를 쓸어 담았나 보다.

"네가 한창 사냥에 열중할 때 우리는 어둠의 미궁 80층을 공략했다. 그뿐인 줄 아냐? 아마란스 영지 옆에 메릴 강이 있다는 건 알고 있지? 거기도 정벌해서 영토로 지정해 놨다. 나랑 형은 그냥 힘만 좀 썼고, 나머지는 브레인 님이 다 알아서 해줬어."

"어, 어둠의 미궁을 80층까지 갔다고? 메릴 강 건너편을 정벌했다고? 잠깐, 건너편이면 절망의 평원이잖아?"

라이세크는 상상도 못할 스케일에 정신이 아찔했다.

고작 세 명에서 수억 명의 유저도 못하는 일을 처리했다. 그야말로 최고의 조합이었다.

"바하무트, 사실이냐?"

"맞다. 어둠의 미궁 80층까지의 모든 길을 브레인 님이 찾아주셨다. 절망의 평원도 마찬가지고."

라이세크가 브레인을 쳐다봤다.

너무 빤히 쳐다봐서 얼굴이 뚫릴 지경이었다. 눈빛에서 브레인을 향한 욕심이 느껴졌다.

"브레인 님, 소속 길드 있으신가요?"

"길드요? 없는데요."

"제 추천으로 거센 바람 길드에 넣어드리겠습니다. 직위는
중급간부부터입니다. 어떠십니까?"

중급간부.

신입에게는 과분한, 남들이 보면 미쳤다고 말할 만큼의 파
격적인 직위였다.

길드의 직위는 팔 단계로 구분된다. 수습, 일반, 정예까지는
길드원이며, 하급, 중급, 상급까지는 간부였다. 더 위로는 부길
드장과 길드장이 있었다. 팔대길드의 하급간부쯤 되면 밑에
딸리는 수하만 100명이었다.

소길드의 길드장과 맞먹는 위치였다. 라이세크가 브레인에
게 제안한 중급간부의 직위는 수백 명이 수하를 이끄는 중소
길드의 길드장 급이었다. 아마 이대로 들어간다면 길잡이부대
의 부대장은 될 것이다.

거대 길드의 입단은 대기업 공채와 비슷했다. 달마다 지급
되는 수당과 혜택이 상당하므로 경쟁률 자체가 치열했다. 분
기마다 수습 길드원을 뽑으며, 사정에 따라 변동되기도 한다.
정석으로 모집하는 것 외에도 길드에 입단하는 방법이 몇 가
지 더 있는데, 그중 하나가 하급간부 이상의 추천이었다.

물론 추천한다고 죄다 입단되지는 않는다. 그러나 상급간부
정도라면 입김만으로 넣어주는 게 가능했다.

라이세크는 길드장으로 현실로 치면 대기업의 회장이었다. 거센 바람 길드는 그가 만들었기에 브레인 하나 넣어주는 건 어렵지 않았다. 그럴 가치도 충분했고 말이다.

"와! 이 도둑놈 보소! 너 죽을래?"

"그만해."

슈타이너가 브레인을 스카우트하려는 라이세크에게 화를 냈다. 바하무트는 흥분하는 슈타이너를 말렸다.

결정은 브레인이 한다. 남이 대신해 주는 게 아니었다.

그가 봐도 확실히 매력적인 제안이었다. 받아들인대도 딱히 제재를 가할 생각은 없었다.

긁적긁적.

모두의 시선이 쏠리자 브레인이 머리를 긁적였다. 이런 상황은 전혀 예상치 못했기에 사뭇 당황스러웠다. 그렇지만 물어보나 마나였다. 답은 오래전부터 정해져 있었다.

"죄송합니다. 거절하겠습니다."

"마음에 들지 않으십니까?"

"그런 게 아니라, 저는 바하무트 님과 슈타이너의 도움을 받아 2차 전직을 하게 됐습니다. 은혜를 참 많이 입었죠. 그리고 여기 생활에도 만족하는데, 거센 바람 길드에 간다고 크게 바뀔 것 같지도 않습니다. 아! 거센 바람 길드를 무시하는 건 아닙니다."

라이세크는 아쉬운지 입맛을 다셨다.

그는 길드의 수장답게 사람 보는 눈이 있었다. 브레인의 말투에서 단호함이 느껴졌다.

피식.

바하무트의 입꼬리가 살며시 올라갔다. 브레인이 싫다고 하니 본인도 모르게 기분이 좋았다.

"그런데 어째 이야기가 산으로 가는군. 슬슬 나를 부른 이유를 말해줬으면 한다."

"이런, 까먹고 있었다. 앉아라."

그제야 라이세크가 자리를 권했다. 슈타이너는 착석하면서 참으로 빨리 권한다며, 손님 대접이 개판이라며 욕을 해댔다. 물론 라이세크는 한 귀로 듣고 한 귀로 흘렸다.

"내가 전할 말은 두 가지다."

"해봐."

라이세크의 입이 열렸다.

첫 번째는 나름 흥미롭게 들었다. 그러나 두 번째가 나오자 슈타이너의 표정이 사정없이 일그러졌다. 그럼에도 라이세크는 거리낌 없이 말했다. 지금 알고 넘어가는 게 신상에 이로웠다. 당일이 돼서 안다면 미쳐 날뛸 수도 있었다. 대화는 국왕을 만나기 전까지 계속됐다.

그리고 몇 시간 뒤, 귀족 소집을 알리는 알림음이 들려왔다.

*　　　*　　　*

왕궁 중앙대전.

유저와 NPC가 섞인 수백 명의 귀족이 제법 고급스러운 의자에 앉아 있었다. 작위에 따라 의자의 위치가 높고 낮음이 갈라졌다.

원래 중앙대전에서 앉을 수 있는 존재는 국왕과 왕족뿐이었다. 그 외에는 공후작이라도 앉지 못한다. 그런데 오늘은 루펠린의 제국 선포에 맞춰 모두가 앉을 수 있도록 국왕의 특별한 왕명이 내려졌다. 그 덕분에 바하무트 일행도 서 있는 수고를 덜었다.

[짜증 나, 이게 무슨 꼴이에요?]

[어쩌겠어? 작위에 따라 자리 위치가 정해지는걸. 그러기에 좀 잘해놓지 그랬어?]

슈타이너는 백작이고 바하무트는 후작이었다.

한 단계 차이라면 거리가 그다지 멀지 않건만, 슈타이너가 영지 경영을 개판으로 한 후유증이 이 자리에서 나타났다. 그는 백작의 자리 중에서 최하위였고, 바하무트는 후작의 자리 중에서 최상위였다. 둘 사이에는 족히 이삼십 명이 파고든 상태였다.

[나 곧 입장한다.]

바하무트와 슈타이너의 대화 도중 라이세크의 목소리가 들렸다. 슈타이너가 콧방귀를 뀌며 말했다.

[참 나. 입장하든지 말든지.]

[자신 있으면 일어서지 말고 버텨봐.]

[아오!]

라이세크도 임시로 파티에 가입했다. 아무래도 파티에 가입하는 게 여러모로 편할 듯했다.

"라이세크 공작 각하께서 입장하십니다!"

빰빠라빰!

음악소리가 퍼지면서 라이세크가 입장했다.

중앙대전에 모여 있던 모든 귀족이 자리에서 일어났다. 슈타이너가 파티 음성으로 계속 투덜댔다. 입장 순서는 작위에 맞춰 진행됐다. 낮을수록 빨리 입장했고 높을수록 늦게 입장했다. 자신보다 높은 귀족이 들어오면 의자에서 엉덩이를 떼야 했다.

빳빳이 버티다간 명령불복종으로 불이익을 당한다. 슈타이너에게는 참으로 거지같은 시스템이었다. 이제 공작의 순서이니, 두 명의 울티메이트 마스터인 근위기사단장과 루펠린 왕국군 총사령관, 마지막으로 재상 등이 입장하면 국왕 일가만 남는다.

[그래도 슈타이너 님이 저보다는 낫잖아요. 저는 작위가 없어서 입장도 못하는데…….]

브레인은 바하무트에게 배정된 거처에 홀로 처박혀 있었다. 그는 흔한 남작 작위조차 없어서 왕궁대전 출입이 불가능했다.

라이세크나 바하무트라도 그를 데려오지 못한다. 데려오려면 국왕의 허락이 필요했다.

[요번에 선포 끝나면 작위 하나 얻어드리겠습니다.]

[헉! 농담입니다. 농담이에요!]

바하무트는 브레인에게 작위 하나를 얻어주기로 했다.

농담이 아닌 진심이었다. 브레인은 장난 삼아 던질 말을 진심으로 받아들인 그를 보며 다급하게 말했다.

[아닙니다. 만약을 위해 가지고 계셔야 합니다.]

[만약이요?]

[그건 나중에 말씀드리도록 하죠. 어쨌거나 얻어둬서 나쁠 건 없습니다. 저든 슈타이너든 간단한 퀘스트만 깨도 남작 정도는 쉽습니다. 부담 갖지 않으셔도 됩니다.]

바하무트는 미래를 내다보기로 했다. 당장은 브레인에게 쓸모가 없겠지만, 훗날 요긴하게 쓸데가 생길 것이다. 아마란스 영지가 공국이 된다면 공왕으로서 작위를 내릴 수 있다. 그러나 언제 될지 모르기에 마냥 기다리기보단 움직이는 게 편했다.

[음… 네!]

브레인도 더는 거절하지 않고 받아들였다.

그가 필요하다면 필요한 거다. 받은 만큼 더 열심히 도와주면 된다.

빠라라라!

라이세크가 입장하고 시간이 흘렀다.

다른 공작들도 들어왔다. 그중에는 일전에 만났던 카팔리온 공작도 포함되어 있었다. 예전보다 레벨이 높아졌다. NPC도 성장하기에 새삼스러울 건 없었다. 새로운 공작도 눈에 띄었다. 레벨은 카팔리온 공작과 비슷했다. 모두 340~350레벨 사이였다.

스윽.

바하무트와 카팔리온 공작의 눈이 마주쳤다.

처음 만났을 때보다 50레벨이나 높아져서인지 강하다는 느낌이 안 들었다. 인간 상태로는 어려워도 본체가 된다면 울티메이트 마스터 두 명과 싸워도 우위를 자신한다.

끄덕.

상대가 간단한 고갯짓으로 화답했다.

바하무트도 인사를 했다. 어차피 제국 선포가 끝나고 만나야 할 사람이었다. 라이세크가 말해준 첫 번째가 국왕과 공작들만 모이는 자리에 참석해야 한다는 것이었다.

후작으로서는 유일하단다. 3차 전직 유저의 특권이었다. 기회가 된다면 슈타이너의 경지도 밝힐 예정이었다. 그래야 향후 선택의 폭이 넓어진다. 어쩌면 이미 눈치챘을지도 모르겠다. 고레벨의 NPC는 간파 능력이 뛰어났다. 유저들보다도 말이다.

"루펠린의 지배자이시자! 펠젤루스의 피를 이으신 국왕 전하와 가족분들께서 입장하십니다!"

거창한 소개와 동시에 드디어 국왕일가가 입장했다.

그들만 입장해서 자리에 착석한다면 더 이상 무분별한 관절 운동을 하지 않아도 된다.

스르르륵.

가지각색의 보석들과 정체불명의 털로 제작된 의복이 바닥에 쓸리며 시선을 집중시켰다. NPC가 걸어가는지 옷이 걸어가는지 헷갈릴 정도였다.

[진짜 더럽게 느리네. 빨리빨리 좀 올라가라. 그냥 확 엉덩이를 걷어차 버릴라.]

슈타이너는 지루한 상황에 대한 불만이 목구멍까지 솟아올랐다. 중고등학교 시절 선생님 수업 듣던 것보다도 짜증 났다.

올라가는 모습마저 재수가 없었다. 말은 그가 대표로 했지만, 내심 바하무트와 라이세크도 같은 심정이었다. 어떤 일장연설을 늘어놓아 사람의 심력을 빼 먹을지 벌써부터 두려웠다. 그나마 게임 속이라서 졸을 일이 없다는 게 위안이 됐다.

촤악!

국왕이 망토를 앉기 편하게 접고 착석했다. 그다음으로 왕족들이 착석하고 공작에서 차례차례 타고 내려갔다. 제국 선포 두 번 했다간 전신의 피가 말려 죽을 듯했다.

"본국은 오늘, 위대한 도약을 하려한다. 그대들은 불러 모은 이유는 찬란한 영광을 함께하려 함이다."

국왕이 정해진 시스템에 따라 제국 선포의 절차를 이어나갔다. 모두가 침묵했다. 반은 경청하고 반은 속으로 딴생각을 했다. 그 차이가 귀족 NPC와 귀족 유저들을 분류했다. 유저의 대부분은 웹서핑을 하는 식으로 시간을 때웠다. 제국 선포는 한두 시간 만에 끝나지 않는다. 끔찍하게도 많은 절차가 남아 있었다. 이건 시작에 불과했다.

*　　　*　　　*

부들부들.

슈타이너는 몸이 근질거렸다.

한시라도 빨리 중앙대전을 벗어나고 싶었다. 국왕은 뭘 할 말이 그리 많은지 쉴 새 없이 주둥이를 털어댔다. 처음에는 참을 만했는데 두 시간을 넘어서며 점차 지쳐 갔다. 유저고 NPC고 간에 지루해하는 기색이 역력했다. 누가 저 입 좀 막아줬으면 좋겠다.

[제길! 죽여 버리겠어!]

[그래, 넌 할 수 있다.]

슈타이너가 인벤토리에 집어넣었던 창을 꺼내려고 했다. 최단 거리로 내질러서 국왕의 숨통을 끊는다면 이 끔찍한 고통에서 해방될 수 있었다. 라이세크는 흥분하는 그의 행동이 웃긴지 국왕 암살을 부추겼다. 바하무트는 그 나름의 방법으로 시간을 때웠다.

[슈타이너, 네가 일을 벌인다면 내가 지원해 주겠다. 자, 어서 국왕에게 그 창을 던져.]

[그만해. 할 거면 애당초 시작하는 순간에 했어야지. 두 시간 넘게 들어놓고 무슨.]

라이세크의 도발에 웹서핑을 하던 바하무트가 끼어들었다. 둘 모두 하는 짓이 어린아이 같았다. 장난임을 뻔히 알지만, 저러다가 실수라도 저지르면 골치 아파진다.

[형도 참, 농담이죠. 하도 화딱지가 나선 해본 말이에요.]

[죽이는 건 둘째 치고, 무기 꺼내는 시늉이라도 했다가 걸리면 억울하니 장난도 자제해.]

중앙대전에서는 무기 착용이 금지된다.

착용하려면 국왕의 허락이 필요했다. 그렇기에 유저들은 자신의 무기를 인벤토리에 집어넣었다. 바하무트의 건틀렛도 마찬가지였다. 수백 명위 귀족 중 그 허락은 받은 자는 근위기사단장인 카팔리온 공작과 총사령관 라파드 공작 외 몇 명뿐이었다.

"······그리하여!"

[끝났군.]

[해방이다!]

국왕의 연설이 끝나갔다.

이야기의 흐름상 다음에 내뱉을 말이 마지막을 장식할 것이다. 다들 그것을 느끼고는 환호했다. 스트레스는 뇌에 영향을 준다. 육체는 가상이지만, 정신은 현실에서 반영된다.

"나! 고귀한 피를 이은 펠젤루스 폰 슈르베로츠가 오늘 이 자리에서 루펠린의 제국화를 선포한다!"

와아아아!

퍼퍼퍼펑!

제국 선포와 동시에 폭죽이 터지며 중앙대전 바깥, 왕궁 너머에서 함성 소리가 들려왔다. 수백수천만 국민의 기쁨이었다. 귀족 NPC들도 그 행동에 동조해 줬다. 그리고 마지못해 박수쳐 주는 귀족 유저들에게로 새로운 알림음이 연속적으로 전달됐다.

> 루펠린의 국왕 펠젤루스 폰 슈르베로츠가 자국의 제국화를 선포했습니다. 인간들의 여덟 국가와 이종족들의 국가에까지 소문이 퍼집니다.

> 대륙의 세력 균형이 복잡하게 변합니다. 칼베인, 벨카, 모나크 왕국에서 진심 어린 축하사절단을 출발시켰습니다. 현재 칼베인 왕국과는 동맹 중이며 축하사절단이 도착하는 즉시 벨카, 모나크 왕국과도 동맹이 체결됩니다. 명칭은 사국연맹입니다.

> 루펠린 제국을 반대하는 무리가 모여듭니다. 헬렌비아 제국과 아루스, 루칸, 투스반 왕국, 아반트 공국과의 적대관계가 형성됩니다. 비록 적대적이지만, 그들도 축하사절단을 출발시켰습니다. 전쟁의 조짐이 피어오릅니다. 명칭은 제국연합입니다.

편 가르기가 시작됐다. 루펠린 제국 주축의 사국연맹과 헬렌비아 제국 주축의 제국연합이 힘겨루기에 들어갔다. 겉으로 보이는 세력의 크기에서는 사국연맹이 불리했다.

속내는 아직 까보지를 않았기에 모르겠다. 확실한 건 타마라스에게서 타올랐던 작은 불꽃이 대폭발을 일으키기 직전이라는 것이었다. 그의 계획대로 대륙전쟁이 발발한다면 그 피

해는 말로 표현할 수 없다. 어떤 세상이든 전쟁 결과는 참혹할
뿐이었다.

[바하무트, 가자.]

[슈타이너, 브레인 님하고 연회장에 가 있어.]

[연회장!]

[알았어요. 다녀오세요.]

라이세크가 바하무트를 데리고 중앙대전을 빠져나갔다. 국
왕과 공작들도 어딘가로 사라졌다.

한 시간 뒤에 제국화를 기념하는 성대한 연회가 개최된다.

귀족들은 서로 대화를 나누며 연회장으로 이동했다. 조금
기다리는 정도는 감내할 만했다.

*　　　*　　　*

라이세크가 안내한 곳은 황궁의 지하 통로였다.

그는 여러 번 와봤는지 능숙하게 헤쳐 나갔다. 바하무트는
가는 길이 심심해서 외워보려다가 포기했다. 굉장히 복잡해서
외우고 까먹고를 반복했다. 도저히 무리였다.

"모이는 숫자가 얼마나 되지?"

"황제가 정하는 거라서 잘은 모르겠지만, 우리까지 대여섯
명쯤 예상하면 될 거다."

적은 숫자였다.

그러나 그 적은 숫자가 명실상부 루펠린을 이끄는 최고수뇌

부였다. 그들의 결정에 이 드넓은 제국의 흥망성쇠가 결정된다. 누가 모일지는 대충이나마 짐작할 수 있었다. 설마 하니 그런 중요한 자리에 하급귀족 찌꺼기들이 참석할 리는 없었다.

철컥!

드르르릉!

막다른 길에 눈앞에 둔 라이세크가 숨겨진 기관을 작동시켰다. 그러자 일정 공간이 통째로 뒤집어졌다.

시야가 밝아지며 기관의 움직임이 멈췄을 때 비로소 목표 지점에 도착했다. 제법 고급스럽게 만들어진 공간에는 네 명의 사내가 앉아 있었다. 황제와 세 공작이었다.

"신 라이세크, 황제 폐하를 뵙습니다."

"황제 폐하를 뵙습니다."

라이세크가 황제에게 예의를 차렸다.

바하무트도 덩달아 행동했다. 라이세크야 이런 생활이 익숙하겠지만 바하무트는 아니었다.

"앉으시게나."

"감사합니다. 폐하."

비어 있는 자리는 정확히 두 개였다. 바하무트와 라이세크가 앉자 여섯 개가 전부 채워졌다.

"놀랐다네. 그사이에 그리 강해졌을 줄이야."

"별말씀을."

카팔리온 공작이 감정을 드러냈다.

바하무트가 대수롭지 않다는 듯 응수했다. 유저가 레벨업은 하는 건 당연한 이치였다.

"이제는 못 이기겠어."

카팔리온 공작의 혼잣말에 당사자들을 제외한 네 명의 표정이 흔들렸다. 특히 라이세크와 라파드 공작이 그러했다. 아무래도 황제와 재상은 무술과는 거리가 있었다.

[너 대체 레벨이 몇이냐?]

[352레벨이다.]

바하무트는 굳이 레벨을 숨기지 않았다. 그러고 싶지도 않았고, 그럴 필요도 없었다.

[…352레벨이라고? 미쳤군. 본체로 현신하면 300레벨 대에선 못 이길 상대가 없겠어.]

[글쎄? 꼭, 그렇지는 않던데.]

[뭐?]

[아니다. 황제에게 집중하자.]

바하무트가 얼버무리며 넘어갔다. 레벨이 오를수록 강자가 쏟아져 나왔다. 용족만 거론해도 삼십육 용장군의 최상위 서열은 죄다 300레벨 후반이었다.

시선을 바깥으로 돌린대도 상황은 마찬가지였다. 한계조차 가늠할 수 없는 아쿠락트부터 이번에 만난 샤칸까지 끝이 없었다. 이런 상황에서 최강을 자처한다는 건 지나가던 개가 웃을 일이었다. 399가 되기 전에는 자만하면 안 된다는 걸 깨달았다.

"뭘 그리 보십니까?"

"아닐세. 축복자들은 언제 봐도 신기해서 말이지."

히쭉히쭉.

라파드 공작이 바하무트를 훑어보며 실실 쪼갰다.

악의 섞인 웃음은 아니었지만, 흡사 동물원 원숭이가 된 것 같아 기분이 찝찝했다.

"본국의 기둥들이 모이니 든든하구려."

"허허, 그렇습니까?"

본격적인 대화에 앞서 황제가 분위기를 풀었다. 주제가 딱딱하다고 사람마저 딱딱해지는 것을 원치 않았다. 긴장은 적당한 게 좋다. 뭐든 과하면 역효과가 발생한다.

"바하무트 후작."

"말씀하십시오, 폐하."

"라이세크 공작에게서 어디까지 들었는가?"

"그가 알고 있는 선에서는 전부 들었습니다."

황제가 고개를 끄덕였다. 대화가 길어지지는 않겠다. 확정된 사안만 알려주면 됐다.

"후작이 알고 있는 내용에서 한 가지만 더 추가됐을 뿐이니, 그것만 알려주도록 하겠네."

"경청하겠습니다."

라이세크도 들을 준비를 했다. NPC는 NPC들끼리 뭉치려는 경향이 있었다. 그는 유저였기에 저들 네 명의 회의에는 끼지 못한다. 결과가 나오면 통보받는 수준에서 그쳤다. 그렇기에 한 가지를 추가해서 말해준다면 그도 모르는 내용이란 뜻이었다.

"망국이 된 다모스를 제외한 여덟 국가에서 축하사절단이 온다는 걸 알고 있으리라 보네."

다모스 왕국은 점령전 퀘스트의 성공으로 망국이 됐다. 그러나 거기서 떨어져 나간 아반트 공국 덕분에 인간 국가는 변함없이 아홉 개였다.

아반트 공국은 헬렌비아 제국의 속국으로서 두 국가를 대표하는 한 개의 사절단만을 파견한다. 책임자는 타마라스였다. 슈타이너의 심기가 불편했던 이유가 여기에서 생겨났다. 어쨌거나 루펠린 제국을 찾아오는 축하사절단의 숫자는 일곱이었다.

"동맹국과 동맹을 맺을 국가, 적대국들이 뒤죽박죽 섞인 복잡한 세력 판도가 형성될 걸세."

바하무트와 라이세크는 듣기만 했다.

상대의 말이 끝날 때까지 들어주는 게 예의였다. 하물며 제국의 황제가 말한다면야 말 다했다.

"사절단이 모인 자리가 어떤 자리가 될 것 같나?"

"그건······."

바하무트가 대답을 길게 끌었다. 답은 정해져 있기도 했고 정해지지 않았기도 했다.

"그 자리는 말이야, 각국의 전쟁 의지를 확인하는 자리가 될 거라네. 전쟁은 피할 수 없네."

"폐하께서도 같은 생각이십니까?"

"헬렌비아 제국의 크라이시아 황제는 대륙통일이라는 원대한 야망을 품은 철혈의 패황일세. 황제의 그릇으로 치자면 누구보다 윗줄이지. 그자가 물러선다? 어림도 없는 일이네. 군주학에 따르면 군주들이 전쟁을 선택하는 이유를 세 분류로 나눠놨네."

첫째, 전쟁 자체를 좋아하는 피에 굶주린 미치광이.

둘째, 전쟁을 통해 원하는 목적을 이루려고 하거나.

셋째, 전쟁을 싫어함에도 어쩔 수 없이 끌려가거나.

"크라이시아 황제는 두 번째이며, 짐을 포함한 대부분은 세 번째일세. 첫 번째는 잘 모르겠군."

'타마라스……'

솔직히 타마라스도 두 번째에 속했다. 그런데 바하무트는 그를 생각하면 첫 번째가 떠올랐다. 아직도 원하는 게 뭔지 헷갈렸다. 이곳에 온다면 그때 알 수 있을 것이다.

"전쟁 확정이란 말씀이시군요."

"크라이시아 황제가 생각을 고쳐먹을 리도 없고, 암살당해 죽을 일도 없으니, 확정이란 표현이 맞겠군."

황제의 말이 맞았다.

그런데 생각은 물론이고 죽을 일도 없었다. 바하무트라도 그의 암살은 불가능했다. 적어도 울티메이트 마스터 한 명은 그림자처럼 붙어 다닐 것이다.

그뿐이면 말을 안 한다. 세지도 못할 병력의 보호를 받을 테고, 그냥 걸어 다니는 인간방패였다. 더욱이 시도했다가 붙잡히면 처형당해서 캐릭터가 삭제된다. 슈르베로츠 황제에 대한 충성심이 눈곱만치도 없는 바하무트로서는 할 수 없는 일이었다.

"사절단이 돌아가는 대로 대규모 전쟁 준비가 시작될 걸세. 본국을 넘어 대륙 전체가."

"남은 기한이 얼마나 됩니까?"

"반년 정도면 끝날 듯하네. 이미 귀족들로부터 전쟁 자금을 끌어모으기 시작했으니까."

꿈틀.

바하무트 눈썹이 꿈틀거렸다.

반년이면 긴 시간이 아니었다. 당장 해결해야 할 퀘스트만 두 개였다. 피닉스를 찾아가란 것과 타락한 천사의 궁전을 마무리해야 했다. 둘 다 문제가 있는 종류였다. 피닉스는 연계로 넘어갈 확률이 높았고, 타락은 딱 봐도 몇 달은 걸릴 느낌이었다.

'제국 선포가 끝나면 피닉스부터 찾아간다.'

연계든 뭐든 일단 쉬운 것부터 해결하려 했다. 정 안 되면 대륙전쟁 이후로 밀어놓는다.

"짐이 해줄 말은 끝났다네. 혹시 궁금한 점이 있는가?"

"아닙니다. 없습니다."

"그렇다면 연회장으로 가시게나. 곧… 사절단이 도착할 터이니."

포탈을 이용하면 NPC들도 먼 거리를 한 번에 도약한다. 황제는 사절단이 언제쯤 오리란 걸 예측하고 있었다.

"알겠습니다."

"연회장에서 뵙겠습니다."

바하무트와 라이세크가 자리를 피했다. 들을 건 다 들었다. 남은 건 준비뿐이었다.

37장
검은 속내의 방문자

연회는 특별한 문제없이 개최됐다. 제국 선포를 축하하는 귀족들의 사교 모임 정도였다. 먹고 마시고 즐기면 끝이었다. 바하무트는 연회 내내 라이세크에게 끌려다녔다.

귀족들과의 안면을 터주겠다는 명목하에서였다. 알아두면 편하다나 뭐라나. 유저들은 바하무트의 이름을 듣자마자 저자세를 보였다. NPC들은 호감도가 관심까지 치솟았다. 이 한 가지만으로도 포가튼 사가에 미치는 그의 영향력을 알 수 있었다.

분위기가 무르익자 바하무트가 황제에게 슈타이너가 3차 전직, 울티메이트 마스터가 됐음을 알려줬다.

비밀 공간에서 말하지 않은 이유는 단순했다. 많은 귀족이 모였을 때 터뜨리는 게 효과적이었다. 슈타이너에게는 귀띔해 났기에 당황하지 않고 본인의 경지를 인정했다. 카팔리온과 라파드 공작이 확인에 들어갔다. 그리고 바하무트의 말이 사실임을 증명했다. 황제의 표정이 밝아졌다. 루펠린도 헬렌비아와 마찬가지로 네 명의 울티메이트 마스터를 보유하게 된 것이다.

슈타이너는 그 자리에서 후작의 작위와 영지를 하사받았다. 알다시피 그는 영지에는 관심이 없었다. 그래서 영지 전문 처리기 라이세크에게 판매했다. 역시나 넙죽 받아먹었다. 바하무트는 하려했던 일을 마무리해선지 연회에 대한 흥미가 급속도로 식었다.

안면 도장도 찍었겠다. 계속 붙어 있을 이유를 못 느낀 그는 일행과 거처로 돌아갔다.

그로부터 며칠 뒤, 타국에서 보낸 축하사절단들이 하나둘씩 도착하면서 다시금 모이게 됐다. 그리고 그 축하사절단에는 검은 속내를 지닌 타마라스가 속해 있었다.

*   *   *

루펠린의 제국 선포 며칠 전.

바하무트 일행이 정벌전의 피로를 풀 때쯤, 타마라스는 3차 전직 퀘스트의 마지막 관문을 두드리고 있었다.

몇 번을 실패했는지 세지도 못하겠다. 아반트 공국의 공왕이자 검은 악마 길드장이란 직책이 아니었다면 포기했을 것이다.

네 개의 퀘스트 중 두 개는 괜찮았다. 그런데 남은 두 개가 말썽을 부렸다.

세 번째는 강력한 몬스터 두 마리를 잡는 일이었다. 정말 별의별 짓을 다 했다. 파티 제한에 걸려 12간부의 레벨을 무수히 깎아먹고서야 완료했다. 보상은 충분히 해줬지만, 권력 남용이란 말이 절로 어울렸다.

세 번째를 끝내고 나니 네 번째가 가로막았다. 그는 슈타이너와 비슷한 스킬 관련 퀘스트를 부여받았다. 보유하고 있는 창조 스킬의 등급을 한 단계 높이란다. 쉽게 말하자면 주력 스킬인 유니크 등급의 그림자 살인을 히어로 등급으로 만들라는 것이었다.

그림자 살인의 조합 공식은 외워뒀다. 처음에는 만드는 데 억 단위가 깨졌지만, 지금은 10%만 써도 충분했다. 수십 개를 조합해서 이것저것 비슷한 스킬과 섞어봤다. 스킬조합은 미개척지를 개척하는 것과 같았다. 결과를 예측하지 못한다는 뜻이었다.

스킬조합에 실패하셨습니다. 조합에 사용하셨던 모든 스킬북이 영구히 사라집니다.

타마라스의 표정은 차분했다. 연이은 실패로 수백억이 날아갔다. 꽤 한다 하는 유저들도 피를 토할 거액이었다.

그에게도 적지는 않았지만, 화를 내는 대신에 실패 이유를 분석했다. 분석을 통해 조금씩 윤곽이 잡혔다. 전체 조합에는 실패해도 부분 조합에서는 성공 확률이 올라갔다.

"더 준비해야 하나?"

재료가 거의 떨어졌다.

잘해봐야 한두 번이면 끝날 양이었다. 타마라스의 고민은 길지 않았다. 애초부터 망설임과는 거리가 먼 인물이었다. 그의 손이 일회용 조합기에 스킬들을 쏟아부었다.

우우우웅!

> 스킬조합에 실패하셨습니다. 조합에 사용하셨던 모든 스킬북이 영구히 사라집니다.

"재미있어. 인생은 언제나 도박이지. 간다."

타마라스는 성공한 스킬들을 재료 삼아 그림자 살인과 조합하려 했다 이번에 실패하면 제법 타격이 크다. 또 모으면 안 되냐고 할 수도 있다. 하지만 조합 스킬 재료 중에는 구하기 어려운 것들도 포함되어 있었다. 모르긴 몰라도 시간을 많이 잡아먹을 것이다.

파앗!

> 스물네 종류의 유니크 스킬이 하나로 합쳐집니다. 메인 스킬 그림자 살

인이 진화합니다. 히어로 등급의 스킬이 탄생하였습니다. 스킬 이름을 정해주시기 바랍니다.

3차 전직 퀘스트에 최종 합격하셨습니다.

새로운 힘이 용솟음칩니다. 걸려 있던 모든 페널티가 사라집니다.

모든 능력치가 두 배로 증가합니다. +100의 능력치 포인트를 획득합니다.

큰 깨달음을 얻으셨습니다. 그림자 암살자에서 어둠의 대살수 반열에 오르셨습니다.

"큭큭! 역시 망설임은 독일뿐이야."

어마어마한 힘이 솟구쳤다. 바하무트, 이사벨라, 슈타이너가 느꼈던 것처럼 타마라스도 똑같이 느꼈다. 그가 새하얀 이빨을 드러내며 미소 지었다.

그 광기어린 미소 속에서 사람의 심장을 옥죌 섬뜩함이 느껴졌다. 드디어 원하던 것을 손에 넣었다. 이제 399까지 최단 거리로 달리는 일만 남았다. 다른 놈들은 몰라도 바하무트는 한참 멀어졌을 것이다. 따라잡으려면 지금부터 부지런히 가야 했다.

"이름이라……."

타마라스가 새로운 스킬을 훑어봤다. 바하무트의 폭화 언령술에는 부족해도 슈타이너의 소닉 붐에 버금갔다. 스킬특성을 기준으로 이름을 정했다. 나름 만족스러웠다.

띠딩!

미리 맞춰놓은 알람이 울렸다.

루펠린으로 향할 축하사절단의 출발 시간이 다가온 것이다. 제국 선포에 모든 귀족이 모였다고 들었다. 틀림없이 녀석들도 왔을 터, 오래간만에 볼 생각을 하니 흥분된다.

*　　*　　*

루펠린 제국을 둘러싼 여덟 국가에서 축하사절단이 출발했다. 그들은 자국의 포탈을 타고 이동할 수 있는 거리까지 최단거리로 도약했다.

다만 루펠린의 국경부터는 철저한 검문검색을 거치고서야 포탈 이용이 허락됐다. 말이 축하사절단이지, 타국의 무장 세력을 유입시키는 일이었다. 더군다나 목적지는 심장부인 황궁이었다. 소홀히 처리했다간 어찌 될지 알 수 없었다. 축하사절단의 경로는 겹치지 않았다. 다들 각기 다른 방향에서 펠젤루스를 향해 타고 올라왔다.

"펠젤루스인가?"

"길드장, 칼베인과 투스반 쪽에서도 도착했습니다."

십이간부의 한 명이 타마라스에게 보고했다. 헬렌비아의 대표로 그가 왔다면 칼베인은 쿠라이와 스라웬, 투스반에서는 니쿠룸이 왔다.

루펠린의 세 명을 합한다면 일곱 명의 대륙십강이 모인 것이다. 상당히 이례적인, 흔치 않은 현상이었다. 그밖에도 축하 사절단의 대부분이 유저로 구성되어 있었다.

"어디에 있지?"

"모두 왕궁 쪽으로 가고 있답니다. 그쪽에서도 저희가 왔다는 걸 알아챘을 겁니다."

약간의 차이는 있지만, 작위의 힘을 제외한 팔대길드 자체의 세력은 비슷비슷했다. 그 말은 정보력도 마찬가지라는 뜻이다. 이곳은 작위든 길드든 그들의 힘이 극도로 제한되는 타국이었다. 검은 악마 길드가 알아냈다면 그들도 알아냈을 터였다.

"마주치겠는데?"

"안 그래도… 쿠라이가 니쿠룸을 보자마자 살기를 내뿜어서 스라웬이 말렸다더군요."

둘은 앙숙이 됐다. 쿠라이는 원래부터 니쿠룸을 싫어했다. 그런데 불의 신전 사건으로 쐐기가 박혀 버렸다. 전쟁이 터지면 직접 밟아버리겠다고 엄포까지 놓는 실정이었다. 스라웬도 보는 눈들 탓에 말리는 척했지만, 니쿠룸에게 쌓인 게 적지 않았다.

바하무트가 아니었다면 그에게 속아 이그니스에게 경험치와 아이템을 상납할 뻔했다.

웅성웅성!

크아아앙!

타마라스가 루펠린의 왕궁으로 접근하자 짐승의 포효 소리가 들려왔다.

분노의 감정이 가득 담긴 일갈이었다. 누군지는 안 봐도 훤했다. 울프 로드 쿠라이였다.

"개 같은 놈! 주둥이를 털어? 찢어 죽이겠어!"

"개는 네놈이지, 이곳에서 소린 피워봤자 좋을 게 없을 텐데? 사람이 아니라서 못 알아듣나?"

니쿠룸의 얄미운 언행에 쿠라이가 광분했다. 슈타이너처럼 이대일은 무리더라도 입만 나불대는 난쟁이 하나쯤은 죽일 수 있다. 말뿐이 아니었다. 강철깡통 아이언 킹 따위로는 야수화를 견뎌내지 못한다. 큰 부상을 입겠지만, 결국에는 이길 것이다.

"그만해! 그의 말이 맞아, 축하사절단으로 와놓고 행패를 부린다면 본국으로 돌아가서 불이익을 당할 거야."

"아오!"

"반가운 얼굴들이군."

"타, 타마라스?"

갑작스레 끼어드는 음성에 좌중의 시선이 한곳으로 집중됐다. 그나마 차분함을 유지하던 스라웬이 타마라스를 발견하고 말을 더듬었다. 니쿠룸과는 비교도 못할 최악의 유저가 나타났다. 쿠라이도 흥분을 가라앉히고 스라웬의 곁으로 이동했다.

"괴물이라도 봤나? 표정들이 영⋯⋯."

"환영받기를 원한 거냐? 네놈이 지금까지 벌여놓은 짓을 생각하면 그건 욕심이다."

"말이 그렇다는 거지, 너희의 환영은 필요 없다. 특히 네 환영은 더더욱 말이야."

"이 새끼가!"

"한 대 치고 싶나 보군. 쳐봐."

톡톡.

타마라스가 손가락으로 자신의 볼을 두드렸다. 그의 도발적인 언행에 쿠라이가 숨을 헐떡였다.

탁.

도리도리.

스라웬이 그의 어깨를 붙잡았다. 그리고는 하지 말라며 고개를 내저었다.

상대는 타마라스였다. 건드려서 좋을 게 없었다. 그러나 곧바로 들려오는 말에 쿠라이가 이성을 잃어버렸다.

"계집년 뒤꽁무니에 숨는 꼴하고는."

"놈!"

"쿠라이, 안 돼!"

파앙!

돌바닥이 갈라지며 쿠라이를 밀어냈다.

몇 미터에 불과했던 둘 사이의 거리가 눈 깜짝할 사이에 좁혀졌다.

파파파팟!

쿠라이가 스텝을 밟았다. 타마라스의 공격을 대비해 시야를
교란시키려는 속셈이었다.

"안 피한다. 헛수고하지 말고 그냥 쳐라."

"죽어!"

뿌드드득!

쿠라이의 오른발에서 부풀면서 은색 갈기가 돋아났다.

공격력을 증폭시켜 주는 부분야수화였다.

동 레벨의 유저가 무방비 상태에서 맞는다면 기절이나 마비
에 걸릴 만한 위력이 내포되어 있었다.

콰아아앙!

바람을 가른 강력한 하이킥이 타마라스의 얼굴을 후려쳤다.
그가 밟은 바닥에서 돌가루가 나풀댔다. 충격을 하체로 내려
보내며 생긴 현상이었다. 쿠라이가 눈을 부릅떴다. 발차기에
직격당한 타마라스가 입가에 미세한 피를 흘리면서 그를 비웃
었다.

"제법 묵직하군."

"이럴 수가! 너, 너… 설마!"

"방어력은 이만하면 됐고, 공격력 좀 봐볼까? 죽지는 않을
거다. 일반 공격이니까."

쩌엉!

드드드득!

타마라스가 주먹을 가볍게 내질렀다. 쿠라이가 두 팔을 교차시켜 가슴을 보호했다. 돌바닥이 파이며 뒤로 밀려났다.

단순한 지르기 한 방에 생명력이 뭉텅이로 빠져나갔다. 전신야수화 상태가 아니라도 착용한 장비와 라이칸 슬로프 특유의 방어력을 생각하면 있을 수 없는 일이었다.

"3차 전직을 했구나!"

"확실히 3차 전직이 대단해. 예전이라면 고전했을 텐데, 지금의 너 정도는 쉽게 죽이겠어."

타마라스가 두 손을 내려다봤다.

바하무트와 이사벨라를 논외로 친다면 슈타이너와 쿠라이가 상대하기 가장 어려운 유저였다. 변신족은 한순간에 능력치를 증폭시킨다. 그렇기에 무시할 수 없었다. 그런데 그 울프로드가 공격 한 방에 밀려났다. 제대로 상대한다면 찰나면 족했다.

"모두 멈추시오! 위대하신 황제 폐하께서 머무시는 신성한 황궁 앞에서 무슨 짓들이시오!"

황궁 문이 열리면서 기사NPC들이 떼거리로 달려왔다. 소란을 듣고 찾아온 것이다.

"나 먼저 들어가지."

"타마라스!"

뒤에서 쿠라이의 목소리가 들려왔다. 소리만 고래고래 질러댈 뿐, 그 외의 행동은 하지 못했다. 타마라스는 그를 무시하고 황궁 내부로 들어갔다. 기사들이 진을 치고 있는 상황에서 함부로 손을 뻗었다간 축하사절단이라도 루펠린에서 방출당한다.

"쿠라이, 진정해! 우리도 들어가자."

"제길!"

스라웬이 쿠라이를 데리고 타마라스를 뒤따랐다. 그리고 그 뒤를 니쿠룸이 이어갔다.

*　　　*　　　*

"위대하신 루펠린의 황제 폐하를 뵙습니다."

"위대하신……."

일곱 축하사절단의 수장들이 슈르베로츠 황제에게 공경의 예를 취했다.

축하사절단은 국가의 영향력을 기준으로 섰다. 그에 의도치 않게 타마라스가 선두에 서서 전체를 지휘하는 모습을 보였다. 몇몇은 그게 불만인지 불쾌한 기색을 풍겼다. 그중의 한 명이 쿠라이였다. 아직도 조금 전의 패배가 가시지 않았다. 하필 져도 그에게 졌다 생각하니 피가 거꾸로 치솟았다.

"먼 길 오느라고 고생했을 텐데, 예를 취할 필요는 없다네. 모두 고개를 들게나."

황제가 손바닥을 위로 흔들었다. 타마라스를 포함한 축하사절단의 수장들이 고개를 들었다.

'어디 있지?'

타마라스가 눈을 좌우로 굴렸다. 이곳까지 찾아올 의욕을 만들어준, 너무나도 보고팠던 바하무트와 슈타이너를 찾기 위해서다.

한참을 찾던 그가 눈살을 찌푸렸다. 없다. 어디에서도 둘의 모습을 찾을 수가 없었다. 영지로 돌아갔든가 어딘가에 처박혀 있든가 둘 중의 하나였다. 대신 익숙한 얼굴을 발견했다. 때마침 상대도 그를 쳐다보고 있었다. 순간 서로의 시선이 마주쳤다.

'바하무트와 슈타이너는 어디 있지?'

'쳐다보지 마라.'

타마라스가 속으로 물어봤다.

그에 맞춰 상대도 속으로 말했다. 반가워하는 기색보단 불쾌해하는 기색이 역력했다. 그 둘을 제외하고 루펠린에서 유일하게 말 섞을 가치를 느끼는 존재는 라이세크뿐이었다.

'기분 나쁜 놈.'

타마라스를 정의하는 라이세크의 한마디였다.

별의별 욕을 다 집어넣을 수도 있지만, 놈의 본질을 해석하기에는 이 말이 제격이었다.

'바하무트를 찾나?'

눈을 굴려대는 걸로 보면 맞는 듯했다.

바하무트와 슈타이너는 축하사절단 환영 행사에 참석하지 않고 브레인과 거처에서 휴식을 취하는 중이었다. 원래는 참석해야 함에도 루펠린에서 갖는 그들의 영향력이 불참을 가능케 만들었다. 왜 안 했는지는 뻔했다. 타마라스와 마주치기 싫어서다.

라이세크가 다른 생각을 하는 사이 황제와 축하사절단 간에 대화가 오고 갔다. 형식적인 게 대부분이었다. 아마 진정한 속내를 밝히는 것은 이처럼 개방된 공간이 아닌, 한정된 공간에서일 것이다. 그곳에서 동맹국과 적국이 명백히 나눠질 터였다.

'일단은 집중하자.'

라이세크가 환영 행사에 집중했다.

여기에서 있었던 일은 나중에 말해주면 된다. 현재로썬 본연의 신분에 충실할 때였다.

* * *

환영 행사가 끝나자 축하사절단이 사방으로 흩어졌다. 자국으로 돌아갔다는 뜻이 아니었다. 그들은 며칠 동안 루펠린에서 머문다.

그러려면 쉴 곳이 필요했다. 거처를 배정받으려고 흩어졌단 뜻이었다. 다행히도 루펠린의 귀족들이 머무는 곳하고는 반대 방향이었다. 같았다면 난리가 났을 것이다.

"라이세크."

"큭."

중앙대전에서 벗어나던 라이세크가 돌연 걸음을 멈추고는

입술을 깨물었다. 굳이 뒤돌아보지 않아도 누가 불렀는지 알고 있었다. 저 목소리를 까먹을 리가 없으니까.

스륵.

라이세크가 뒤를 돌아봤다.

차갑게 생긴 사내, 포가튼 사가 최악의 유저라 불리는 타마라스가 그를 쳐다보며 미소 지었다.

"얼마 만에 보는 거지?"

"얼마 만에 보면? 우리가 반가워서 악수라도 할 사인가?"

"좋아. 인사는 넘어가지. 단도직입적으로 묻겠다. 바하무트와 슈타이너는 어디 있지?"

"네가 알아봐라."

"그래."

라이세크가 그를 보며 이상하다는 표정을 내지었다. 이렇게 말하면 발끈하지는 않더라도 끈덕지게 물고 늘어질 줄 알았다. 그래서 준비까지 해뒀는데 다소 싱거웠다. 어쨌거나 이리 떨어져 준다면 고마웠다. 그에게 투자하는 시간은 일분일초도 아까웠다.

터벅터벅.

터벅터벅.

으득.

뒤에서 울리는 발걸음 소리에 라이세크가 이를 갈았다. 어쩐지 순순히 포기한다 싶더니 뒤를 따라오고 있었다. 숨어서 따라오는 것도 아니고 말 그대로 그냥 따라왔다. 재수가 없어도 이렇게 없을 수가 없다. 하는 짓 하나하나가 눈엣가시였다.

"네놈, 지금 뭐하는 거냐?"

"네가 알아보라고 하지 않았나? 널 따라가면 알게 될 거라 생각하고 따라가는 거다만?"

"따라오지 마라."

"싫다면?"

스릉.

'아니다.'

라이세크가 검을 뽑으려다가 그만뒀다. 이곳에서 소란을 피우면 황궁기사들이 달려온다. 그의 작위라면 없던 일로 무마시킬 수는 있다. 그러나 타마라스에게 상처를 입혔다간 그게 어려워진다. 저놈에게 꼬투리를 잡혀 개고생하느니 무시하고 말겠다.

"킥, 마저 뽑지, 왜 집어넣나?"

"내가 흥분했던 것은 인정한다. 그렇다고 뽑을 수는 없다. 누구 좋으라고 검을 뽑을까?"

킥킥킥킥!

타마라스가 어깨를 들썩이며 웃어댔다. 흡사 실성한 광인 같았다. 라이세크는 그를 무시하고는 가던 길을 갔다. 그러다가 좋지 않은 감각에 고개를 옆으로 꺾었다.

퓨슉!

주르륵!

검은 무언가가 볼을 스치고 지나갔다. 상처를 입었기에 데미지가 들어오며 베인 틈 사이로 피가 흘러내렸다. 미리 알아채지 못했다면 머리가 잘렸거나 뚫렸을 것이다.

"뭐… 하는 짓이냐?"

"네가 하려는 짓을 해줬을 뿐인데? 왠지 무서워하는 것 같아서 말이야."

꿈틀.

그 말이 라이세크의 자존심을 건드렸다.

다른 이에게 들었다면 그러려니 하고 넘어갔겠지만, 타마라스에게 듣자 상당히 거슬렸다.

스르르릉.

웅웅!

라이세크가 검을 뽑았다. 검신을 타고 푸른색의 소울 블레이드가 길게 맺혔다. 그레우스 공작을 죽이고 얻은 기가 블레이드였다. 히어로 등급답게 다루기가 어려웠어도 스킬 숙련도를 40% 가까이 올렸기에 지금에 와서는 어느 정도 능숙하게 사용했다.

"뭐지? 단순한 소울 블레이드는 아니군. 스톰 브링거도 아니야. 새로 익힌 스킬인가?"

"네가 시작했다."

피이이잉!

라이세크가 간결한 자세로 검을 찔러 넣었다. 날카로운 기운이 대기를 밀어내며 타마라스의 가슴팍을 건드렸다. 그는 당황하지 않고 검집 채로 공격을 힘껏 쳐올렸다.

쩌엉!

라이세크는 손에서 느껴지는 엄청난 반탄력에 검을 놓치지 않으려고 두 손으로 부여잡았다. 그 덕분에 검을 놓치지는 않았지만, 그의 육체가 허공으로 떠올랐다. 튕기는 힘을 제어하지 못한 것이다. 말도 안 되는 현상이었다. 절대 있을 수 없는 일이었다.

"크윽!"

"제법, 쿠라이보다는 데미지가 높군."

타마라스의 음성에 감탄이 서렸다. 대륙십강의 최약체라 불리는 라이세크의 공격이 쿠라이의 부분야수화를 능가했다. 비록 전신야수화 상태가 아니더라도 놀라웠다.

"타핫!"

파파파팟!

라이세가 허공으로 떠오르던 그대로 공중제비를 돌아 수십 개의 검영을 날렸다. 검영은 순식간에 타마라스를 뒤덮었다. 빠져나갈 곳 전체를 차단했기에 막아내야 했다.

채채채챙!

그는 차근차근 공격을 막아내며 쌓이는 데미지를 계산했다. 막는데도 방당 수십은 들어왔다. 정통으로 허용한다면 백 단위가 들어올 것이다. 라이세크는 강해졌다. 정말이지 과거와는 비교도 못할 정도였다. 2차 전직 상태였다면 졌을지도 모르겠다.

"그렇군. 그 검술, 히어로 스킬인가?"

"네놈이야말로 3차 전직을 했군. 기가 블레이드를 그리 쉽게 받아낸다면 답은 뻔하다."

"이쯤하지."

타마라스가 뒤로 물러섰다. 죽이려고 싸운 것은 아니었다. 쿠라이와 비슷했다. 심심해서 놀았다는 표현이 적당하겠다.

라이세크도 검을 도로 집어넣었다. 인정하기는 싫지만, 3차 전직을 했기에 이길 수가 없었다. 싸워 봐야 무의미했다. 또한 소란이 더 커진다면 진짜 황궁기사들이 몰려온다.

"녀석들의 거처를 아는 것쯤은 쉽다. 좀 귀찮긴 해도 이놈저놈에게 물어본다면 알려주겠지."

"더 할 말이 없다면 가겠다."

"아! 내가 경고 하나 해줄까?"

라이세크는 걸음을 멈추지 않았다. 타마라스도 상관없다는 듯 하고 싶은 말을 했다.

"슈타이너를 혼자 두지 마."

"흥!"

라이세크는 타마라스의 말을 무시하고 길을 걷다 모퉁이를 돌았다. 그리고는 그의 시야에서 벗어나자마자 검을 쥐었던 손을 내려다봤다. 부들부들 떨렸다. 상태이상 부분 마비에 걸려 움직이지 않았다. 계속해서 싸웠다면 비참하게 패했을 것이다.

"하필 저놈이 3차 전직을 하다니."

원래 능력 있는 놈이라는 건 안다. 그러나 상대가 상대인만큼 인정하기가 싫었다. 이렇게 된 이상 한시라도 빨리 3차 전직을 해야 했다. 헬렌비아의 전력이 높아질수록 루펠린이 불리해졌다. 그 어긋난 균형을 맞추려면 부지런해지는 수밖에 없었다.

"킥킥, 슈타이너를 혼자 두지 말라고. 이건 날 위해서가 아니라 너희를 위해서다."

타마라스는 라이세크가 사라진 모퉁이를 보며 말했다. 혼자 두지 말란 말, 진심이었다.

*　　　*　　　*

잘근잘근.

슈타이너가 입술을 물어뜯었다.

현실에서 저와 같은 모습을 봤다면 정신질환이 있다 의심할 정도로 불안해 보였다. 바하무트와 브레인은 그가 왜 그러는지 누구보다 잘 알았다. 특히 바하무트는 말이다.

"슈타이너."

"네?"

"하루만 로그아웃해라. 잠 좀 자고 와."

"아니에요. 괜찮아요."

슈타이너가 거절했다.

그러더니 입술 깨물기를 중단하고 차차 안정을 되찾았다.

바하무트가 신경 쓰는 것을 의식해서 억지로 조절하는 것이었다. 그나마 이렇게라도 말을 듣게 만들 존재는 바하무트가 유일했다. 제법 친한 라이세크와 브레인도 그를 제어하지 못한다.

"형, 타마라스가 왔겠죠?"

"지금쯤 중앙대전에 있거나 배정받은 거처에서 쉬고 있겠지. 그도 아니면 싸돌아다니든가."

"헬렌비아로 돌아갈 때 뒤치기하면 안 될까요? 아무래도 그놈을 죽여야지 기분이 풀릴 것 같아요."

"안 돼. 사절단은 말을 전하러 왔을 뿐, 죽이는 건 불문율과도 같아. 만약 죽였다간 일이 복잡해져. 더욱이 타마라스는 공왕이야. 작위를 지닌 자가 그 녀석을 공격하면 왕족 살인죄가 성립되어 전쟁도 전에 처형 권한이 생겨. 마음은 알지만 참도록 해."

후우.

바하무트가 슈타이너의 어깨를 두들겼다.

어떤 심정일지 짐작이 갔다. 그렇기에 조심해야 했다. 되도록 마주치지 않는 게 좋았다.

[바하무트.]

[끝났냐?]

라이세크에게서 귓속말이 날아왔다. 중앙대전에서 열린 축하사절단 환영 행사가 끝난듯했다.

[내 거처로 좀 와라.]

[지금?]

[타마라스에 관해서 할 말이 있다. 귓속말로 해도 되지만, 그냥 얼굴 보고 하는 게 좋을 것 같다.]

[그래.]

라이세크가 직접 찾아오지 않는 이유는 슈타이너 때문이었다. 괜히 타마라스의 이름을 꺼내서 심란하게 만들고 싶지 않았다. 이런 걸 보면 그도 나름 세심한 편이었다.

"잠시 나갔다 올게."

"어디 가세요?"

"라이세크가 좀 보재. 황제하고 있던 자리에서 나온 말 중에 상의하고 싶은 게 있대."

타마라스에 관해서라는 건 비밀에 붙였다. 굳이 말해줄 필요가 없었다. 슈타이너는 알겠다는 듯 고개를 끄덕였다. 바하무트도 더 이상 말하지 않고 바깥으로 나갔다.

[브레인 님, 슈타이너 좀 잘 부탁드려요.]

[제 말을 들으실지 모르겠네요.]

눈치 빠른 브레인이 슈타이너의 불안 상태를 모를 리가 없었다. 지금의 그는 바하무트의 말밖에 안 들었다. 아까부터 말을 걸어도 한 귀로 듣고 한 귀로 흘려댔다.

[무슨 일 생기면 저한테 연락주세요. 바로 올 테니까.]

[알겠어요.]

만일을 대비해 브레인에게 부탁해 뒀다. 자리를 오래 비우지는 않을 것이다. 길어 봐야 한 시간이면 충분했다. 금방 갔다 오면 된다. 일이 벌어지기에는 짧은 시간이었다.

＊　　＊　　＊

"타마라스가 3차 전직이라……."

"이로써 대륙십강의 네 명이 신세계에 발을 내디뎠다. 그중 한 명이 마음에 안 들지만."

라이세크는 타마라스와의 일을 바하무트에게 알려줬다.

바하무트는 놀란 기색을 내보이지 않았다. 듣는 내내 무덤 덤했고, 실제로도 그러했다.

"예상하고 있었나?"

"아니. 예상이라기보다는 빠르고 느리고의 차이랄까? 너희도 시간을 들이면 가능하다."

거대 길드의 저력은 무시무시하다. 종이 한 장은 쉽게 찢기지만, 두터운 사전은 못 찢는다. 3차 전직 퀘스트가 제아무리 어려워도 파고들면 끝이 보이게 마련이었다.

바하무트는 소속 길드가 없어서 주변 지인들의 도움으로 해결했다. 그러나 거대 길드의 수장들은 그런 점에서는 전혀 걱정할 필요가 없었다. 틈이 보인다면 어떤 식으로든 해결한다. 중요한 건 그 시기가 언제냐는 것이었다. 지금 이 순간에도 2차 전직 유저가 한두 명씩 늘어났다. 시간이 흐르는 만큼 유저들도 성장하고 있었다.

"본국으로서는 환영할 일이 아니다. 제국의 울티메이트 마스터는 전원 350레벨 이상이다. 그것도 둘은 300대 후반이지. 타마라스와 투스반 왕국마저 합한다면 가뜩이나 밀리는 전력이 일방적으로 치우쳐진다. 나와 쿠라이, 스라웬의 3차 전직이 시급하다."

"너희가 하면 니쿠룸, 레이란, 알카디스도 할걸? 그리되면 결국 제자리걸음에 불과하다."

라이세크가 신음을 흘리며 머리를 흔들었다. 사국연맹 측에서 유일하게 바하무트만이 제국연합의 아무와도 일대일을 겨룰 수 있다. 나머지는 레벨 차이가 극심해서 붙어도 패할 것이다. 최악의 경우 바하무트도 본체로의 현신이 제한돼서 고전을 면치 못한다. 이래저래 복잡했다. 무력에 관한 부분이라 뚜렷한 해결책이 안 보였다.

"너무 걱정하지 마라. 질로 안 되면 양으로 밀어붙이면 된다. 그래, 물량 승부다. 물량 승부."

"물량 승부?"

라이세크가 무슨 말인지 못 알아듣겠다는 듯 고개를 갸웃했다.

단어 자체의 뜻은 안다. 그가 모르는 건 속뜻이었다. 바하무트가 부가 설명을 해줬다.

"내가 말하면 이사벨라 님은 사국연맹의 편에 서줄 거다. 귀찮은 조건이 하나 붙겠지만."

"소드 퀸! 맞아. 그녀가 있었구나! 연락하며 지냈냐?"

"연락? 접속은 하는데 서로 해본 적은 없다. 그녀가 먼저 안

하면 나도 안 해. 무섭거든."

싸우자고 달려들까 봐 접속해도 모르쇠로 일관했다. 슈타이너에게도 신신당부를 해놨다. 연락이 없는 걸 보면 레벨업에 여념이 없나 보다.

제국연맹과의 전쟁을 앞두고 전력에서 밀린다면 그때 연락해 보려고 했다. 자신과의 대결을 조건으로 건다면 사국연맹의 편에 서줄 것이다. 지고는 못 사는 게 그녀였다.

"그리고 한 명 더 있다."

"한 명 더? 대륙십강은 꽉 찼잖아?"

바하무트는 사마귀 초원에서 만난 샤칸과의 인연을 설명해줬다. 라이세크가 함박웃음을 지었다. 399레벨 NPC와 이사벨라가 사국연맹에 합류하면 결코 제국연합에 밀리지 않는다. 작전을 짤 때 선택할 수 있는 경우의 수가 기하급수적으로 증가한다.

"아직 시간이 남았으니 상황을 지켜보자."

"너란 놈, 매번 사람을 놀래키는구나. 까도 속을 모르겠어. 꼭 양파를 보는 것 같아."

"싱겁긴. 할 말 없으면 그만 간다."

"아, 잠시만, 타마라스가 이상한 말을 해서 말이지."

"무슨 말?"

라이세크가 나가려던 바하무트를 붙잡았다.

타마라스의 헛소리로 치부하고 넘기려다가 입만 뻥긋하면 되는 것, 그냥 말하기로 했다.

"뭐라더라? 슈타이너를 혼자 두지 말라던데?"

"혼자 두지 말라고?"

바하무트는 골똘히 생각하다 불길한 예감이 들어 파티 음성으로 말을 걸었다. 무슨 일이 생긴다면 브레인이 연락 주기로 했다. 그래도 혹시 모르는 게 사람 일이었다.

[슈타이너? 브레인 님?]

[끝나셨어요?]

다행이도 브레인이 받아줬다. 목소리가 평온했다. 일이 생겼다고 보기는 어려웠다.

[슈타이너는요?]

[피곤하다고 먼저 로그아웃하셨어요. 저도 지금 나가려고 연락드리려던 참이었어요.]

[알겠습니다. 내일봐요.]

[바하무트 님도 일찍 들어가세요.]

브레인의 접속이 끊겼다. 그제야 바하무트는 파티창에서 로그아웃된 슈타이너의 이름을 발견했다. 간단하게 확인만 했으면 될 것은 괜스레 호들갑을 떤 꼴이었다.

"슈타이너는?"

"로그아웃했다. 신경 쓰지 않아도 될 듯하네. 할 것도 없고, 나도 나가 봐야겠다. 너는?"

"너한테 말만 전해주고 나가려고 했지."

"잘됐네."

바하무트와 라이세크가 대화를 끝맺었다. 그리고는 간단한 인사를 하고 현실로 돌아갔다.

*   *   *

파팟!

모두가 사라진 바하무트의 거처.

흐릿한 빛이 번쩍이며 누군가가 접속했다. 황금빛 머리카락을 길게 늘어뜨린 슈타이너였다.

"확인, 확인만 하자."

잡념을 씻어내려고 로그아웃했었다.

그런데 때마침 어머니와 장을 보고 집으로 돌아온 동생과 마주쳤다. 그 아이가 웬일로 일찍 끝냈냐며 말이 아닌 수화로 의사표시를 했다. 그걸 보자 악몽이 되살아났다.

스륵.

슈타이너가 거처를 벗어났다. 작위가 후작이었기에 황궁의 금지 구역을 제외한 그 어디라도 제집 드나들듯 쑤셔댈 수 있었다.

심지어는 황제 알현도 가능했다. 굳이 특별한 용무가 있어야 하는 것은 아니었다. 그런 건 만들면 그만이었다. 워낙에 넓었기에 무작정 찾기보단 머리를 쓰기로 했다.

"이봐."

"후작 각하를 뵙습니다!"

순찰을 돌던 황궁기사들이 슈타이너를 발견하고 급히 부복

했다. 루펠린이 제국이 되며 후작은 각하가 됐고, 공작은 전하가 됐다. 부르는 호칭이 한 단계씩 오른 것이다.

"축하사절단은 어디서 머물지?"

"축하사절단은 본국의 귀족 분들께서 머무시는 별채와는 반대 방향에 모여 있습니다."

우웅!

슈타이너가 월드 맵을 오픈했다. 그리고는 황궁 주변으로 축소시켰다. 그의 위치가 파란 점으로 표시됐다.

건물 등의 자세한 모습은 나오지 않았지만, 방향 잡는 정도로는 충분했다. 황궁기사들이 가르쳐 준 곳을 지정해서 거리를 확인해 봤다. 걸어간다면 한두 시간은 걸리겠다.

"수고하도록."

"충!"

어쭙잖은 존재가 축하사절단의 거처를 알려달랬다면 알려주지 않았든가 의심스럽다며 조사받았을 터였다.

그러나 후작인 그의 대답에 토를 달 만큼 간 큰 황궁기사는 없었다. 슈타이너는 그들이 알려준 곳으로 이동했다. 거리가 가까워질수록 심장박동수가 증가했다. 캐릭터에게는 심장이 없지만, 현실의 감각이 뇌파로 전달된다. 그는 지금 긴장하고 있었다.

"정지! 이곳은, 헉! 후작 각하를 뵙습니다!

"들어가겠다."

"그, 그건 불가능합니다. 외부와의 접촉을 금하라는 황제 폐하의 엄명이 계셨습니다."

입구를 지키던 기사들이 슈타이너를 제지했다.

후작이 아니라 공작이라도 들어가지 못한다. 꼭 들어가겠다면 황제의 허락을 받아야 했다.

"그래서 못 들어간다?"

"죄송합니다. 저희로서도 어쩔 수가 없습니다. 명을 어겼다간 목이 달아날 겁니다."

슈타이너가 별채로 시선을 돌렸다. 저 안에 타마라스가 있었다. 마음 같아서는 강제로 들어가고 싶었지만, 꾹 눌러 참았다.

황명을 어긴다면 후작의 작위로도 큰 불이익을 당한다. 더나아가 바하무트에게도 못할 짓이었다. 그렇다고 포기할 생각은 없었다. 정면으로 못 간다면 돌아가면 된다.

"물러나지."

"사정을 봐주셔서 감사합니다!"

기사들이 안도의 한숨을 내쉬었다.

상대는 자국에 네 명뿐인 울티메이트 마스터였다. 황명이라도 강짜를 부리면 곤란했다.

파앗!

슈타이너가 물러나는 척하면서 높은 첨탑 위로 올라갔다. 별채의 구조 파악을 위해서였다.

"많군."

곳곳에 기사들이 포진했다. 한곳에 서 있기도 하고 움직이기도 했다. 전체적으로 빽빽해서 빈틈이 없었지만, 잠깐 동안 공백을 보이는 부분은 있었다. 그걸 노려야 했다.

펄럭펄럭!

별채에는 각자의 국가를 상징하는 일곱 개의 깃발이 꽂혀 있었다. 다른 것들보다 크고 두꺼운 헬렌비아 제국의 깃발이 눈에 들어왔다. 바로 저곳이 타마라스의 거처였다.

스슥.

그의 육체가 허공으로 떠올랐다. 기사들만 조심하면 되는 게 아니었다. 각종 마법트랩들도 조심해야 했다. 항마력하고 는 관계없이 마법트랩은 건드리는 즉시 발동한다.

번뜩.

슈타이너의 눈동자에서 황금빛이 새어 나왔다. 진실조차 꿰뚫어 본다는 용족의 용마안이었다. 용마안이 발동되며 주변의 위협들을 주인에게 보여줬다.

기사들을 속이고 별채 지붕 위에 안착했다. 높은 곳에서는 보이기에 몸을 가릴 만한 곳으로 숨어들었다. 만나면 어떡해야 할까라는 생각은 안 들었다. 서로 마주한다면 자연스레 이야기가 진행될 것이다. 할 수만 있다면 죽이고 싶었지만, 그건 어려웠다.

쩌저저적!

천장에 달린 창문이 통째로 뽑혀졌다.

땅에 떨어지지 않도록 옆에 놔둔 슈타이너가 머뭇거림 없이 별채 내부로 진입했다.

"라이세크 놈, 제대로 전달하지 않았군. 녀석을 혼자 두지 말라고 분명히 말했건만."

들어가자마자 들리는 목소리에 슈타이너의 동공이 흔들렸다. 발각될 줄은 몰랐다. 고개를 들어 정면을 쳐다봤다. 익숙한 얼굴을 보니 상대의 이름이 저절로 나왔다.

"타마라스……."

"반갑다. 미치도록!"

어둠에 가려져 잇던 타마라스가 모습을 드러냈다. 일 년, 거의 일 년 만의 재회였다.

*　　　*　　　*

타마라스는 슈타이너가 지붕에 안착할 때부터 그가 왔음을 느꼈다. 암살자의 패시브 스킬인 위험감지에 미세한 움직임이 포착됐다.

3차 전직 퀘스트를 완료하고 민첩 수치가 비약적으로 증가하며 위험감지의 효과를 최대한으로 높여줬다. 2차 전직이었다면 집주인임에도 일방적으로 통보받았을 것이다.

"내가 왔다는 걸 눈치챘다면 3차 전직인가?"

"이러고도 랭킹 변동이 없는 걸 보면 너는 예전에 했구나? 바하무트의 도움을 받았나?"

"받았다면?"

"비꼬려는 건 아니다. 나도 길드를 움직였으니까. 홀로는 불가능할 정도로 어렵더군."

채앵!

슈타이너가 창을 겨눴다. 타마라스는 당황하지 않고 그의 창을 손가락으로 매만졌다. 흡사 여인의 육체를 탐하듯 조심스러웠다. 대충 봐도 범상치 않은 아이템이었다.

"대단한 창이로군."

"잡소리 집어치우고, 황궁 바깥으로 나가자. 네놈을 건든다면 처형 권한이 성립되겠지?"

"싫다. 내가 이 무대를 만들려고 얼마나 노력했는데 너 하나와 싸우자고 포기하라고? 쯧쯧! 그렇게는 안 되지. 그럴 거면 이리 돌아오지도 않았어. 멍청한 슈타이너야."

"개새끼가!"

슈타이너가 겨누고 있던 창을 회전시켰다.

대기가 빨려 들어가며 강력한 일격이 타마라스에게로 쇄도했다. 소닉 붐의 회풍포였다.

스멀스멀.

충돌의 순간, 타마라스의 전신에서 검은 그림자가 뽑혀지더니 회풍포를 휘감았다. 마치 풍선 속에 공기가 들어가듯 먹어치웠다.

쿠우우웅!

회풍포가 그림자풍선 내부에서 폭발했다. 진동이 사방으로 퍼지며 별채를 뒤흔들었다.

띠딩!

충격을 감지한 기사들이 몰려옵니다. 5분 내로 벗어나지 못하시면 황궁재판에 회부됩니다.

"큭큭큭큭! 예나 지금이나 쉽게 흥분하는 성격은 여전하구나. 이 난리를 쳐놨으니, 도망쳐야겠지? 걸리면 곤란한 일이 생길 거야. 잡지 않겠다. 쥐새끼처럼 도망쳐 봐라."

타마라스가 미친 듯이 웃어댔다. 슈타이너는 그의 아가리에 창을 쑤셔 넣고 싶음에도 불리한 현실에 순응했다. 참았어야 했다. 참았다면 다른 방법이 있었을 것이다.

"네가 무슨 생각을 하는지는 모르겠지만, 소용없을 거다. 네 놈한테는 당하지 않아!"

"마음대로."

슈타이너가 들어왔던 창문으로 빠져나가려고 몸을 띄웠다.

그 모습을 지켜보던 타마라스가 갑자기 생각났다는 듯 손뼉을 치며 한마디 더했다.

"아! 슈타이너, 동생은 잘 있나?"

"뭐……?"

"그 있잖아. 말 못하는 여동생. 아직도 어버버거리나? 젊은 나이에 벙어리라니… 안쓰럽군."

그 말을 들은 슈타이너의 눈앞이 새하얗게 변했다. 그 순간만큼은 그토록 따르던 바하무트조차 잊어버렸다.

소닉 붐(sonic boom) : 후반 구식.

뇌정만천(雷霆滿天) : 우렛소리가 하늘을 뒤덮는다.

뇌정만천이 펼쳐지며 3층 규모의 별채를 잿더미로 만들었
다. 그것도 모자라 붙어 있던 다른 곳까지 파괴했다. 이대로라
면 별채로 지정된 지역 전체가 날아갈 기세였다.

그때였다. 타마라스에게서 분출된 수백수천 개의 그림자가
뇌정만천과 엉겨 붙었다.

콰아아아아아앙!

황궁 전역을 강타하는 후폭풍이 터져 나갔다. 돌이키지 못
할 만큼 사태가 악화됐다. 슈타이너라도 쉽게 넘어가기는 글
렀다.

*　　　*　　　*

라이세크는 현실에서 휴식을 취하던 중 청천벽력 같은 소식
을 접하고 게임에 접속했다. 거센 바람 길드는 기본적으로 연
락처를 공유한다. 그게 아니라도 길드 홈페이지에 들어가면
연락처가 떡하니 적혀 있었다. 그는 접속하자마자 사태를 파
악했다.

바하무트는 아직 모르는 듯했다. 이해할 수 있었다. 그의 연
락처를 알고 있는 유저는 극소수에 불과했다.

라이세크 본인이 알기로 본인 포함 세 명이었다. 어쨌거나
알아야 할 일이기에 국제전화로 통화했다. 다행스럽게도 바하

무트는 영어에 능통했다. 슈타이너의 사고 소식에 꽤 놀랄 줄 알았는데 생각보다 덤덤했다. 왠지 이런 일이 생길 줄 예상한 듯했다.

"알현이 허락됐다."

"그래."

발걸음이 무거웠다. 바하무트는 라이세크와 함께 황제의 개인 처소로 향했다. 알현을 신청했더니 중앙대전 말고 그곳으로 오란다. 귀족들은 슈타이너의 행동에도 침묵을 고수했다. 그의 뒤를 봐주는 두 명 때문이었다. 조용히 황제의 결정을 기다렸다.

"기다리고 계십니다. 들어가십시오."

"고맙네."

드르르릉!

왕가의 핏줄만을 수호하는 근위기사가 살며시 문을 열어줬다. 시끄럽게 작위와 이름을 호명하지는 않았다. 공개적인 알현이 아니었다. 외부에 알려지는 것을 피해야 했다.

"왔는가?"

"황제 폐하를 뵙습니다."

"다들 앉게나."

슈르베로츠 황제의 차림새는 간편했다. 처소에는 아무도 없는지 기척이 느껴지지 않았다. 아무래도 혼자인 듯 보였다. 그는 겉치레를 생략했다. 중요한 건 그게 아니었다.

"단도직입적으로 말하겠네. 슈타이너 후작은 본국에 없어서는 안 될 전력일세. 원칙대로라면 작위와 재산을 몰수하고 황궁감옥에서 반년은 썩어야 할 중죄를 저질렀다네."

"선처를 부탁드립니다. 폐하."

"선처라……."

황제가 검지와 엄지로 미간을 주물렀다. 생각이 깊어졌다. 슈타이너와 타마라스의 충돌로 별채 한 채가 날아가고 두 채가 반파됐다. 인명 피해도 백여 명 가까이 됐다. 평민이라면 적당히 넘어가겠지만, 사망자 중에는 귀족도 몇몇 포함된 상태였다.

"사적으로는 참으로 통쾌하다네. 목에 걸린 가시가 빠진 기분이야. 적대국의 인물들을 죽였으니 오히려 상을 내리고 싶을 정도야. 그러나 공적으로는 속내가 어떻든 본국의 제국 선포를 축하해 주러 온 사절단일세. 나중에는 몰라도 지금은 전시가 아닌 만큼 자중했어야 했어. 일방적인 충돌도 아니고, 별채에 숨어들었다네. 어느 정도는 각오해야 해."

옳은 소리였다. 바하무트는 어디까지 선처가 가능한가를 듣고 싶었다. 죄의 무게를 줄일 수가 있다면 최대한 줄여야 했다. 왜냐하면 슈타이너에게 맡길 일이 있었다.

"동맹국에는 짐이 손을 써뒀네. 적대국은 강력하게 항의하더군. 특히 투스반 왕국에서."

"니쿠룸인가?"

"그렇겠지."

건수 하나 잡았다고 지독하게 물고 늘어질 것이다. 니쿠룸은 인간 자체가 그런 놈이었다. 의아한 건 헬렌비아 쪽에서는 없던 일로 하겠단다. 타마라스의 속내가 궁금했다.

"며칠 뒤에 황궁재판이 열린다네. 형량은 작위 삼 계급 강등과 영지 몰수, 황궁감옥 한 달 형으로 결정됐네. 이마저도 헬렌비아에서 봐주지 않았다면 어려웠을 걸세."

바하무트와 라이세크가 서로 쳐다봤다. 생각보다 형벌이 가벼웠다. 평범한 유저가 이 형벌을 받았다면 게거품을 물고 기절했을 것이다. 무거운 형벌은 감옥행 하나였다. 작위는 있어도 그만, 없어도 그만이었고, 영지는 형편없이 방치된 남작령이었다.

"폐하, 슈타이너 후작을 볼 수 있겠습니까?"

"원래 재판이 끝나기 전에는 만나지 못하게 하는 법이지만, 이번만큼은 그러도록 하게."

"감사합니다."

황제의 허락을 받아낸 바하무트는 곧바로 슈타이너가 갇혀있는 황궁감옥을 찾아갔다.

*   *   *

"한판 벌였구나."

"다시 돌아가도 똑같이 할 거예요. 그 새끼, 절대 가만두지 않겠어요. 죽여 버리겠어."

슈타이너에게서 살의가 느껴졌다. 모든 장비가 회수되며 얇은 옷 하나를 걸쳤어도 그의 기세는 여전했다.

바하무트는 그를 나무라지 않았다. 본인이 선택한 결과였다. 작위도 영지도 다 슈타이너 거였다. 엄밀히 말하면 남에게 피해준 것은 없었다. 굳이 있다면 걱정 정도랄까.

"보세요."

"용케도 찍었네."

슈타이너가 찍어놓은 동영상을 바하무트에게로 공유시켰다. 그다지 긴 편은 아니었다. 7~8분짜리였다. 타마라스와 만나고부터 진행되는 이야기가 고스란히 담겨 있었다.

'그 있잖아. 말 못하는 여동생. 아직도 어버버거리나? 젊은 나이에 벙어리라니… 안쓰럽군.'

'난리 칠 만하군.'

바하무트가 혀를 찼다. 별채에서 도망치려던 녀석이 왜 마음을 바꿨나 싶더니만, 상대편 쪽에서 그의 상처를 잔인하게 헤집었다. 전상희가 실어증이 걸린 게 누구 때문인데, 뻔뻔하기 그지없었다. 그 누구라도 저 소리를 들었다면 미쳐 날뛰었을 것이다.

"형벌은 작위 삼 계급 강등, 영지 몰수, 황궁감옥 한 달이다. 정말 운 좋은 줄 알아라."

"너하고 형이 힘썼냐?"

"아니. 우리는 황제 알현만 했다. 나머지는 그가 다 알아서

한 거다. 울티메이트 마스터가 뉘 집 개 이름도 아니고, 이런 짓 한 번 벌였다고 내치거나 할 수는 없겠지."

"슈타이너."

"네."

라이세크와 대화를 나누던 슈타이너가 바하무트의 말에 반응했다. 심각한 상황임에도 감옥 바닥에 주저앉은 그를 보니 웃음이 새어 나왔다. 그사이에 적응한 듯싶었다.

"형 부탁 좀 들어줘야겠다."

"뭔데요?"

"제국 선포가 끝나고 샌드헬을 다녀오려 한다. 감옥에서 나오면 이 녀석하고 칼베인의 부부의 3차 전직 좀 도와줘라. 대륙전쟁 직전에는 최대한 전력을 만들어야 하니까."

라이세크의 표정이 보름달처럼 밝아졌다. 반대로 슈타이너의 표정은 푸르죽죽하게 변색됐다. 한 명도 아니고 세 명이나 전직시키란다. 벌써부터 머리가 어지러웠다.

"그들에게는 내가 말해놓을게. 빚을 하나씩 지워놓으면 훗날 도움받을 일이 생길거야. 그렇지?"

"듣고 보니 그러네요?"

"뭐가 그렇다는 거지?"

바하무트의 말을 알아들은 사람은 슈타이너뿐이었다. 단순히 전쟁을 대비하기 위한 일만은 아니었다. 3차 전직을 시켜서 유용히 써먹을 데가 있었다. 단물만 빨고 안면 몰수하는 쓰레기들은 아닌지라 모른 체하지 않을 것이다. 준 만큼 돌려받아야 했다.

"쇠뿔도 단김에 빼라고, 지금 갔다 와야겠다. 라이세크, 넌
한 달 내로 299레벨 달성해라."

"꾸준히 달려야겠군."

"나중에 보자."

바하무트가 황궁감옥을 벗어났다. 타마라스는 그 스스로의
방식으로 전쟁 준비를 하고 있었다. 그렇다면 자신들도 자신
들만의 방식으로 준비해야 했다. 누구의 패가 더 강할지는 붙
어보면 알게 될 것이다.

＊　　＊　　＊

황궁재판이 열렸다. 재판장은 다리우스 공작이었다. 그는
제국 선포가 끝나고 만난 루펠린 제국의 재상이었다.

많은 귀족이 참석했다. 바하무트와 라이세크는 물론, 이번
사태의 직접적 원흉인 타마라스도 모습을 드러냈다. 그를 발
견한 슈타이너는 가까스로 화를 억눌렀다. 결박된 상태로는
이길 수도 없을뿐더러, 또 난리를 쳤다가는 형량이 몇 배로 증
가한다.

그리되면 감당 불가에 이른다. 재판은 황제가 말했던 대로
순조로이 진행됐다. 유저들은 감옥보다 작위 강등, 영지 몰수
에서 신음을 흘렸다. 물질에 민감해서였다.

한 시간 정도가 흐르고서 재판이 마무리됐다. 슈타이너는

재판의 마무리와 동시에 결박 상태로 끌려 나갔다. 오늘을 시작으로 한 달 동안 감옥에서 버텨야 했다. 길다면 길고 짧으면 짧은 시간이었다. 지루한 걸 제외하면 그럭저럭 참을 만할 것이다.

"바하무트."

"아는 체하지 말아줬으면 한다."

"이런… 화가 나셨나? 영광이군. 폭룡왕께서 화를 내주시다니, 몸 둘 바를 모르겠어."

바하무트의 눈동자가 가라앉았다. 기분이 불쾌했다. 그가 슈타이너에게 한 짓 때문만은 아니었다. 행실 자체가 마음에 들지 않았다.

타마라스는 극도의 이기주의자다. 자신을 중심으로 생각하고 결론짓는다. 세상을 살아가려면 그런 성격을 버려야 했다. 안 그러면 제대로 된 생활을 영위하지 못한다. 저런 놈이 잘 먹고 잘산다면 이유는 한 가지로 좁혀진다. 그렇게 살아도 제지받지 않을 만큼 풍요롭다는 뜻이었다.

"가졌다고 남을 짓밟은 권한은 없다."

"세상이 공평하다고 생각하는 건 아니겠지? 불공평한 세상이야. 약하면 짓밟히는 게 당연해."

"누구에게나 그 이치가 적용되나?"

"물론이다."

스윽.

바하무트가 타마라스에게 얼굴을 들이밀었다. 서로 숨이 닿을락말락한 거리였다. 그 상태에서 말했다.

"너는 강한가?"

"무슨 말이지?"

"약하면 짓밟히는 세상이라며? 대답해 봐라. 내 앞에 있는 넌 강한가?"

"너⋯⋯."

"그 이치를 따지려면 너에게도 적용시켜라. 지금의 나라면 본체로 현신하지 않아도 널 죽이는 건 손쉽다. 사람은 자신의 잣대로 남을 재서는 안 돼. 그럴 자격이 없거든."

말을 마친 바하무트가 등을 돌려 제 갈 길을 갔다.

더는 한 공간에 있기 싫었다. 타마라스는 그를 넌지시 바라보다 입꼬리를 말아 올렸다.

"재미있어. 넌 확실히 재미있어."

타마라스는 느낄 수 있다. 바하무트도 자신처럼 현실에서도 가진 자였다.

태생부터 선택받았다는 소리다. 그럼에도 지닌 가치관이 너무나도 달랐다. 특이한 놈이었다. 그래서 더욱 짓밟고 싶었다. 잡기 어려운 놈일수록 성취감은 큰 법이었다.

"곧, 다시 만날 거다."

내일이면 제국으로 돌아간다.

아마 돌아가서 준비되는 대로 전시체제로 돌입, 두 제국 간에 전쟁이 터진다. 그리되면 다음번에 만날 장소는 전장이었다. 그때는 지금처럼 말로 끝나지 않을 것이다.

제국 선포가 마무리되고 축하사절단이 자국으로 돌아갔다. 도착하고 나면 각국의 입장을 표명할 테고, 흐름이 급박해질 것이다. 긴장해야 할 때가 다가오고 있었다. 정신줄 놓았다간 잡아먹힌다. 바짝 부여잡고 있어야 어떤 상황에서든 능숙하게 대처할 수 있었다.

스윽.

브레인이 부랴부랴 보조 물품들 챙겼다.

오늘 바하무트와 샌드헬로 떠난다. 목적지는 피닉스가 산다는 대화산이었다. 그런데 대화산의 위치를 몰랐다. 처음 들어 보는 지명이었다. 그것을 찾는 게 브레인의 임무였다.

찾아주면 스크롤을 이용해서 곧장 황궁으로 텔레포트한다. 슈타이너와 대류십강의 3차 전직 퀘스트를 해결해 줘야 했다. 하루하루 바쁜 나날을 보냈다. 엄청난 고용 비용이 보장됐다. 거의 돈을 쓸어 담는 수준이었다. 이렇게 이삼 년만 꾸준히 번다면 평생 돈 걱정 없이 살 것만 같았다.

"되셨어요?"

"네! 다 챙겼습니다."

바하무트가 확인 차 말을 걸었다. 샌드헬은 유저들이 기피하는 환경을 지녔다. 대부분의 지역이 사막이었다. 발이 푹푹 잠겨서 민첩 수치가 대폭 하락한다.

그 외에도 단점을 나열하자면 수도 없이 많았다. 사냥 방법도 굉장히 까다로웠다. 사막 몬스터의 특성상 모래 깊숙이 숨어 있다가 공격하는 것은 다반사였다. 죽기 싫을 때는 모래를 파고들어갔다. 빨리 처리 못하면 생명력을 회복다고 다시 달려든다.

"퀘스트가 쉽든 어렵든, 브레인 님은 대화산만 찾아주시면 돼요. 나머지는 제가 알아서 할게요."

"금방 찾아드리겠습니다!"

"그냥, 정해진 시간 내로만 찾아주시면 됩니다. 자! 가죠."

파팟!

바하무트가 포탈로 들어갔다. 브레인도 따라갔다. 여러 번 번갈아서 타다 보면 찜통 더위를 자랑하는 사막왕국 모나크가 나타날 것이다. 그리 길진 않겠지만, 또 다른 모험이 기대됐다.

* * *

바하무트가 대화산에서 돌아오고, 슈타이너가 감옥에서 풀려나 라이세크 등의 3차 전직 퀘스트를 도와줄 때의 일이었다.

아반트 공국, 타마라스의 공왕전에 예닐곱 명의 유저가 모여 있었다. 그중 네 명은 대륙십강이고 나머지는 그들만은 못해도 나름 한가락 하는 대길드의 수장이었다.

이들에게는 한 가지 공통점이 존재했다. 헬렌비아 제국을 주축으로 한, 제국연합 소속이란 것이었다. 이쯤이라면 모인 이유를 대충이나마 어림짐작할 수 있을 것이다.

"너희는 아직도 3차 전직을 못했나?"

"너무 비꼬지 마라. 빨리 하느냐 늦게 하느냐의 차이일 뿐, 시간을 들이면 가능하다."

타마라스의 말에 니쿠룸이 반박했다. 목소리에 가시가 돋친 게 자존심이 상한듯했다.

"큭큭! 무능하면 인정이라도 할 것이지."

"시비를 걸려고 소집한 건가요? 그런 게 아니라면 그만 이 유를 말해줬으면 줬겠군요."

알카디스는 이 자리가 싫었다.

전부 시궁창 냄새 나는 더러운 족속들로 가득했다. 제국연 합에는 왜 이런 자들만 있는지 이해할 수가 없었다. 그럼에도 참았다. 어찌 됐든 본인 역시 제국의 귀족이었다.

"좋아. 본론으로 들어가지."

"듣겠어요."

"바하무트에 이어 슈타이너도 3차 전직을 했다. 굳이 말 안 해도 이쯤은 예상했겠지?"

"제길!"

"그가……."

니쿠룸이 감정을 드러냈다. 정면에 앉아 있던 레이란도 마 찬가지였다. 둘이 달려들고도 패배했다. 그 치욕을 잊을 수가 없었다. 아직도 플레이포럼에 들어가면 그때 당시의 동영상이

나돌았다. 아마 포가튼 사가가 사라지는 그날까지 보존될 것
이다.

다른 이들도 놀라워했다.

특히 대륙십강 다음으로 발언권이 강한 붉은 눈물 길드장인
샤펠라의 표정이 흔들렸다. 그도 슈타이너를 싫어하는 유저
중의 하나였다. 타마라스는 사국연맹의 적대 세력, 즉 제국연
합에는 우호 세력의 수장들을 초대했다. 그들은 흔쾌히 수락
했다.

대륙은 지금 편 가르기에 정신이 팔렸다.

중립을 지키겠다함은 사방을 적으로 만들겠다는 어리석은
판단에 불과했다. 샤펠라는 대륙전쟁 전까지 성주인 부레논을
죽이고 무법도시 알테인을 손에 넣어야 한다. 그리해서 이곳
에 모인 일부 유저와 힘을 합쳐 모나크와 벨카 왕국을 쳐야 했
다.

알카디스와 레이란은 니쿠룸과 칼베인을 상대한다. 투스반
쪽에 울티메이트 마스터가 있는 관계로 수적으로 우세했다.
마지막으로 타마라스는 아반트와 헬렌비아의 모든 것을 걸고
루펠린을 가로막는다. 세부 계획은 아직이지만, 전력 배치는
끝났다.

모든 면에서 사국연맹을 뛰어넘었다. 남은 건 결전의 그날
을 기다리는 것밖에 없었다.

"곧 라이세크와 칼베인의 두 연놈도 3차 전직을 할 것이다.
그럼 다섯 명이 되겠지?"

굳이 머리를 쓰지 않아도 뻔했다. 루펠린은 헬렌비아와 비교하면 아직 손색이 있었다. 부족한 전력을 메꿀 방법은 사국연맹 소속 대륙십강 전체의 3차 전직뿐이었다.

"만약 너희가 전쟁이 터질 때까지 벽을 허물지 못하고 매미처럼 딱 붙어 있기만 한다면?

"진다. NPC와 유저의 경계를 허물어서 울티메이트 마스터란 단어만으로 묶는다면 사국연맹 측이 여덟, 제국연합 측이 여섯, 2차는 더 이상 전력에서 논외가 될 것이다."

샤펠라는 누구보다 빠르게 전력 차이를 계산했다. 타마라스가 마음에 든다는 듯 말했다.

"맞는 말이다. 제국연합의 수준이 높다지만, 괴물 같은 바하무트 놈이 버티고 있어서 우세를 점할 수는 없다. 그런데 너희 셋이 3차 전직을 한다면 상황은 달라진다."

타마라스가 각각 알카디스, 레이란, 니쿠룸을 쳐다봤다. 그들이 고개를 끄덕였다. 제국연합의 여섯과 자신들 셋을 합하면 아홉이 된다. 이만하면 승률은 충분했다. 이번 전쟁에서 패배하면 기반이 흔들릴 만큼의 타격을 입는다. 반드시 승리해야 했다.

"변수는 어쩔 건가요?"

"이사벨라를 뜻하는가? 그녀가 문제기는 하지. 소드 퀸은 어디로 튈지 모르니 말이야."

가만있던 레이란이 비워 있던 공백을 채워줬다. 그렇다. 대륙십강은 열 명이었다. 두 세력의 사이에는 길드도 국가에도 소속되지 않은 이사벨라가 있었다. 그녀는 유일하게 바하무트와 비견되는 최강의 유저였다. 무엇보다 커다란 변수가 될 것이다.

"그 점에 관해서는 나도 답을 못 내리겠군."

"장담컨대 제국 편에 서지는 않을 거예요. 이곳에는 그녀가 싫어하는 사람뿐이니까."

알카디스가 쭉 주변을 훑었다. 타마라스는 그녀의 눈빛을 받고도 괜찮다는 듯 말했다.

"그건 차후에 생각하기로 하고, 너희 셋의 3차 전직을 도와주겠다, 내가 직접. 어떤가?"

"그게 정말인가?"

"무슨 속셈이죠?"

니쿠룸과 레이란의 표정에서 의심이 엿보였다.

알카디스는 원하는 게 있을 거라며 속으로 되뇌었다. 그렇지 않고는 저럴 리가 없었다.

"무력이든 아이템이든 가능한 범위 내에서 지원해 주마. 이대로 가다간 네놈들 때문에 나까지 죽을 판이다. 대륙십강이라고 떠받들어 주니 동등하다고 생각했나? 현실을 인정하고 무능함을 받아들여라. 결국에는 받아들이겠지만, 며칠의 말미를 주겠다."

타마라스는 이후로도 앞으로의 일정에 대해 몇 마디를 더 했다. 그리고서 소집을 해제했다. 모두의 표정에 복잡함이 깃들었다. 타마라스를 경멸하던 알카디스조차 3차 전직의 유혹에서 갈등했다. 그만큼 위로 향하고 싶은 욕망이 강하다는 증거였다.

*   *   *

이사벨라는 헬렌비아 제국의 악명 높은 사냥터 중 한곳인 거울의 숲 깊숙한 곳에서 퀘스트의 마지막 관문을 수행하고 있었다. 유저들을 복제하는 마족 계열 도플갱어가 출몰한다. 정신 바짝 차리지 않으면 제 자신에게 죽는 더러운 경험을 겪는다.

푸욱!

키에에엑!

이사벨라의 검이 도플갱어 킹의 심장에 박혔다. 오랜 격전 끝에 가까스로 이룩해낸 쾌거였다. 치열했던 상황을 말해주듯 그녀의 반경 수백 미터가 초토화된 상태였다.

"이, 이겼다……."

"크악! 하이엘프 따위에게!"

도플갱어 킹이 심장을 뚫은 검을 부여잡고 원통하다는 듯 소리쳤다. 간발의 차이였다.

푸스스스.

파삭!

생명력을 소진한 도플갱어 킹의 육체가 흩어졌다. 그 모습을 바라보던 이사벨라의 얼굴에서 기쁨이 묻어 나왔다. 두 달을 매달렸던 SS등급의 퀘스트였다. 그동안 쏟았던 노력을 환산하면 한도 끝도 없었다. 남은 것은 달콤한 보상뿐이었다.

> 도플갱어 킹 거울의 숲을 비추는 자, 아큘레인이 사망했습니다. 55급 퀘스트 페이렌 후작가의 원한을 완료하셨습니다. 경험치가 합산되어 6레벨이 증가하셨습니다.

> 페이렌 후작가의 원한을 풀어주셨습니다. 후작을 찾아가면 보상을 받을 수 있습니다.

도플갱어 킹은 330레벨의 강력한 놈이었다.

히어로와 유니크 등을 회수한 이사벨라가 상태창을 열었다. 레벨 확인을 위해서였다.

"드디어, 340레벨을 달성했어."

레벨업을 할 때마다 부과되는 경험치량이 뻥튀기됐다. 3차 전직 이후로 하루도 쉬지 않고 사냥에 매달렸다. 그런데도 레벨이 오르는 건지 마는 건지 헷갈릴 정도였다.

우웅!

이사벨라가 플레이포럼을 열어 랭킹 순위를 찾았다. 혹시라도 바하무트를 따라잡았을까 하는 기대감에서였다.

그러나 곧 실망했다. 6레벨이나 올랐건만, 변동은 없었다. 당연했다. 바하무트는 이사벨라보다 반년은 일찍 3차 전직을 했다. 아무리 그가 이프리트에게 발목이 잡히고 그녀가 죽기 살기로 사냥에 매달렸어도 그만한 차이를 무시하기는 어려웠다.

실망할 상황도 아니었다. 시간이 지날수록 차이가 좁혀졌다. 현재 둘의 레벨 차는 15~20에 불과했다. 이마저도 몇 달이 지나면 줄 것이다. 그리되면 따라잡을지도 모른다. 대망의 4차 전직, 400레벨로 넘어가는 경계에서 어깨를 나란히할 터였다.

띠딩!

뒷정리를 하던 도중 알림음이 울렸다. 뜻밖의 유저에게서 귓속말이 날아왔다. 이사벨라의 친구 찾기 목록은 허허벌판이라 할 정도로 텅텅 비었다. 지금까지 추가된 친구의 숫자는 고작해야 서너 명이었다. 그중 둘이 바하무트와 슈타이너였다.

[저 알카디스예요. 바쁘시지 않으시면 잠시만 뵐 수 있을까요? 편하신 곳으로 갈게요.]

[겨울의 숲 근처 도시로 오셔서 연락주세요.]

이사벨라와 알카디스는 세부 종족은 다르지만 같은 엘프였다. 특수종족은 유저 숫자가 적어서 게임을 시작할 때의 스타팅 포인트가 대부분 중복된다. 틀리더라도 이런저런 퀘스트를 수행하면 필연적으로 마주친다. 둘도 그런 식으로 안면을 익혔다.

그렇게 몇 번 마주치다 보니 자연스레 인사하는 사이로 발전했다. 자주 연락하지는 않더라도 가끔 정보를 주고받으며 친분을 이어나갔다. 그런데 직접 만나자고 한 적은 오늘이 처

음이었다. 사람인 이상 궁금하게 마련이었다. 한번 만나보려
했다.

* * *

"오셨어요?"

"네."

알카디스가 반가운 표정으로 이사벨라를 맞아줬다. 따로 방
을 빌렸기에 타인의 시선을 신경 쓸 필요가 없었다. 관심받기
시작하면 귀찮은 일이 발생한다. 대륙십강은 저마다 그런 경
험을 수도 없이 가지고 있었다. 그것도 현재진행형으로 다가
말이다.

"무슨 일이신지?"

"음… 이사벨라 님, 대륙의 정세에 관해 아시나요?"

알카디스는 뜸들이지 않았다. 이사벨라와의 대화에서 서론
의 비중은 적을수록 좋았다.

"전체 공지를 통해 기본적인 것만 숙지했어요. 저하고는 관
계도 없고, 관심도 없어요."

당장 레벨 올리기도 힘들었다. 국적이 없는 이사벨라는 전
쟁이 터져도 완벽한 중립을 유지할 수 있었다. 유저 중에 국적
이 없는 존재는 손가락에 꼽을 만큼 적었다.

"전쟁 선언이 터짐과 동시에 퀘스트가 생성되면 많은 유저
가 어디에 배팅할지 고민할 거예요. 엄청난 보상이 기다릴 테

니까요. 이사벨라 님은 참가하지 않으실 건가요?"

"사람일이란 어찌될지 몰라요. 이 자리에서 하고 안 하고를 말씀드리기가 곤란하네요."

이사벨라는 아직 벌어지지도 않은 일 가지고 이렇다 저렇다 떠벌리는 성격이 아니었다. 그녀는 한 번 내린 결정을 손바닥 뒤집듯 바꾸는 걸 꺼려 했다. 퀘스트 참가 욕구가 생긴다면 그때 가서 결정하면 된다. 알카디스가 입술을 오물거리다가 말했다.

"그렇다면 훗날 전쟁이 터진다면 헬렌비아 제국 측에서 싸워주실 수 있으신가요? 원하는 게 있으면 들어드릴 수 있는 한도 내에서는 전부 들어드릴게요. 부탁드려요."

"거절할게요. 제국은……."

단칼에 거절했다. 타마라스는 둘째 치고 레이란과 니쿠룸만 해도 마음에 안 들었다. 그들을 위해 검을 뽑아 루펠린을 친다고? 비유가 어설프긴 해도 숫제 악당의 편에 서서 정의의 용사를 죽이라는 것과도 같았다. 게임이라도 아닌 건 아닌 거였다.

"후우! 알겠어요. 강요하지는 않을게요. 대신 생각이 바뀌시면 저에게 연락을 주세요."

"네, 볼일이 끝나셨으면 이만."

끼익.

이사벨라가 문을 열고 나갔다. 뒷모습을 지켜보던 알카디스는 타마라스의 제안을 받아들이기로 결정했다. 두 가지 경우를 생각하고 있었다. 이사벨라가 헬렌비아를 도와준다면 타마라스의 제안을 거절하고, 도와주지 않는다면 받아들이기로 말이다.

그가 싫은 것에는 변함이 없다. 그러나 싫은 것과 전쟁에서 패배하는 것은 다른 문제였다. 지난 사 년 가까운 시간 동안 심혈을 기울인 푸른 눈동자 길드를 포함한 모든 기반이 헬렌비아에 존재했다. 그것을 지키기 위해서라도 손을 잡아야 했다.

"어쩔 수 없네. 썩은 동아줄이라도 잡아야지."

파팟!

알카디스가 스크롤을 찢어 본인 소유의 영지로 돌아갔다. 3차 전직 준비를 하려 했다.

『폭룡왕 바하무트』 6권에 계속…

현대백수 장편 소설

간웅

FUSION FANTASTIC STORY

뇌성벽력이 치는 어느 날!
고려 황제의 강인번을 들고 있던
어린 병사가 낙뢰를 맞고 쓰러졌다.

하지만… 다시 눈을 뜬 이는
현대 대한민국에서 쓸쓸히 죽은
드라마 작가 지망생.

고려 무신 시대의 격변기 속에서 눈을 뜬 회생[回生].
살아남기 위해! 죽지 않기 위해!
그의 행보로 인해 고려는 서서히
변하기 시작하는데…….

치세능신 난세간웅(治世能臣 亂世奸雄)!

격동의 무신 시대!
회생, 간웅의 길을 걷다!

Book Publishing CHUNGEORAM

유행이 아닌 자유추구 -
WWW.chungeoram.com

절정고수들이 하늘 높은 줄 모르고 질주하는 현 세상.
서른여덟 개의 세력이 서로를 견제하는 혼돈의 시대.

그 일촉즉발의 무림 속에
첫 발을 디딘 어린 소년.

"나는 네가 점창의 별이 되기를 원한다."

사부와의 약속을 지키고
난세로 빠져드는 천하를 구하기 위해
작은 손이 검을 들었다!

박선우 新무협 판타지 소설 FANTASTIC ORIENTAL HE

풍운사일

내일을 향해 쏴라

김형석 장편 소설

FUSION FANTASTIC STORY

1만 시간의 법칙!
'성공은 1만 시간의 노력이 만든다'는 뜻이다.

그러나…
사회복지학과 복학생 수.
전공 실습으로 나간 호스피스 병동에서
미지와 조우하다.

1만 시간의 법칙?
아니, 1분의 법칙!

전무후무한 능력이 수에게 강림하다!
맨주먹 하나로 시작한 수의
인생역전이 시작된다!

Book Publishing CHUNGEORAM

WWW.chungeoram.com

문용신 新무협 판타지 소설

FANTASTIC ORIENTAL HEROES

한량 아버지를 뒷바라지하며
호시탐탐 가출을 꿈꾸던 궁외수.

어린 시절 이어진 인연은
그를 세상 밖으로 이끄는데……

"내가 정혼녀 하나 못 지킬 것처럼 보여?"

글자조차 모르는 까막눈이지만,
하늘이 내린 재능과 악마의 심장은
전 무림이 그를 주목하게 한다.

"이 시간 이후 당신에겐 위협 따윈 없는 거요."

무림에 무서운 놈이 나타났다!

Book Publishing CHUNGEORAM

유행이 아닌 자유추구 -
WWW.chungeoram.com